失眠书

I'm alone, but I know everything you feel

魏小河

作品

❤ 中国友谊出版公司

图书在版编目（CIP）数据

失眠书：深夜里叫醒我们没有过够的青春 / 魏小河
著. –– 北京：中国友谊出版公司, 2015.10

ISBN 978–7–5057–3601–6

Ⅰ.①失… Ⅱ.①魏… Ⅲ.①随笔 – 作品集 – 中国 –
当代 Ⅳ.①I267.1

中国版本图书馆CIP数据核字(2015)第226302号

书名	失眠书：深夜里叫醒我们没有过够的青春
作者	魏小河
出版	中国友谊出版公司
发行	中国友谊出版公司
经销	北京时代华语图书股份有限公司　010-83670231
印刷	北京鹏润伟业印刷有限公司
规格	880×1230 毫米　32 开
	9 印张　173 千字
版次	2015 年 10 月第 1 版
印次	2015 年 10 月第 1 次印刷
书号	ISBN 978–7–5057–3601–6
定价	39.80 元
地址	北京市朝阳区西坝河南里 17–1 号楼
邮编	100028
电话	（010）64668676

自序

　　这本书，是对自己过去的一次回望，是凝视，也是告别。恍惚的童年，阴郁的少年，虚度的青春，我一点点地向外探索，一寸寸地向内挖掘。这是一个小镇少年的成长录，也是这个时代中的一种青春记言。

　　我写旅行，写吃，写遇到的人与事，写生活中游浮着的微弱情绪，写离开，也写回家。这些文字形成的时间断断续续，大概五年，但总有两个主题藏匿在所有的文字中，时隐时现。

　　一个是少年成长，它们关于记忆，也关于探索。最深的记忆在倒数第二章，这是一个"黑匣子"，我把它从身体里取出来，里面藏着我何以至此的秘密，有一些东西，你必须面对，有一些东西写下反而是一种和解。

另外，我在食物里发现过去，也在日常生活的细节里想到从前。据说怀旧是一个人老去的标志，但是我却以为，检验记忆，是一个人发现自我的必由之路。

除了记忆，我也在向外探索。好几年前，我开始一个人旅行，第一站是婺源，徒步了三天，有许多奇遇，后来又去了凤凰古城、云南大理，这都是好几年以前的事了，但是重读这几篇文章，好像一切历历在目，关键是，这些文字间的青春气，现在没有了，怪可惜。

另一个主题，是城市生活，或者说现代生活对个人的影响。我们生活在巨大的城市，找一份工作，踏下一个脚印，盘踞一个住所，四处迁徙，疲于奔命，你肯定也和我一样感受到某种深重的无力。每一个地铁口、公交站和天桥，都是现代城市的缩影，当我们汇入人潮，便消失于众人之中，虽然处于众人之中，但是互不相识，近在咫尺，但是彼此孤独。破碎的不仅仅是城市的地面，还有一个人完整的经验和感受。

终究，我不是一个城市人，我带着乡村的童年记忆，在城市里生活。本书的最后一章，是我每年过年回家时的手记，它们混合了记忆和当下，过去和现在。当你从家乡来到城市，再回去，变化是巨大的，正如冉云飞的一句话，"每个人的故乡都在沦陷"，我试图记下消散的乡村版图上我的这一块。

不论怎么讲，这不是一本治愈失眠的书，如果有这种苦恼的读者正好看到了这本书，恐怕要失望。但这些文章，确实大多在深夜里写成，相比白天，我更偏爱夜晚，黑色将一切都隔绝，记忆才可以出动。失眠是一种状态，思绪在脑子里跳动，自己却无力控制它停止。面对失眠，我的方法是不睡。这本书里收录的，也正是一些睡不着的文字，它们必须被写下来。

如今，书已经写完了。让我们睡个好觉。

第二章 城市游牧人

第五章　深潭记忆

第六章　再也回不去

附　读书方法问

第一章
世　相

见到更大的世界，见到更多的人。

终于到了香港

深圳与香港之间隔着一条河，叫作深圳河。来深圳两年，我才终于跨越它。

从福田口岸过关，排队二十分钟，伸手将港澳通行证递交给坐在工作间里身着制服的人。他接过本子翻开，抬头看向我，面无表情地扫描证件、盖章、移出窗口。这份工作看起来似乎与流水线的工人差不多，接过本子、查看照片、扫描、盖章、递还，我数了一下，大概十秒。

走出这道关卡，就上了架在深圳河上的桥，它是个封闭空间，其实不能称作桥，应该说管道。过了这条管道，就是香港。一群人已经聚集在这里，密密麻麻的人头慢慢前移，我们加入队伍，等待过关。香港和深圳居民按指纹即可出入，除此之外的大批游客，则需要人工审核。

出了这个关口，地铁站叫落马洲，在站内的小食店里吃了牛丸和炒面果腹，然后，上了地铁。行驶半个多小时，到达油麻地，我们在这附近的一处家庭式旅馆订了房间。房间当然很小而且简陋，因为它便宜。所有的旅途中，住与行总是花费最多，而在香港，除了"住"这个麻烦，就数吃了，因为吃实在"金贵"。

中午去了住处附近的茶餐厅，简单地点了个猪扒饭和冻奶茶。我喜欢喝冻奶茶，它不同于台湾奶茶店里添加珍珠椰果的饮品，而有一种深沉的淡淡苦味和蜂蜜味道。

接下来的一天半里，又去了两次茶餐厅，当你走在路上想要找个饭店解决一下饥饿问题时，茶餐厅无处不在。茶餐厅不是享受美食的地方，它是快餐店，只不过是中西糅合，既有广式的卤味快餐，也有各种猪扒鸡扒，甚至是东南亚风味，今儿海南鸡饭，明儿印尼炒饭，最大的好处在于方便。就像是吃厌了沙县小吃，换个口味吃兰州拉面，不过好在他们往往离得很近，也不是大问题。

餐桌两侧有两个男人独自用餐，一个中年，提着公文包；一个年轻些，带着双肩包；一个点了香菇鸡肉饭，一个点了意大利面，一个要的是例汤，一个人要的是罗宋汤。两个人都在看手机。他们吃得很安静，喝汤、吃饭、用柠檬水，最后侍者已经将餐盘收走了，还要拈出一根牙签剔剔牙，这似乎变成了一种秩序。

早上也去茶餐厅，一碗粥，一碗面，一份鱼蛋。这店很旧，几乎只做附近居民生意，除了行走在过道间的老板娘，大家都很安静，年轻人穿着运动服，戴着耳机在听歌，老年人翻着报纸。好像某些香港电影里的场景，有种闹中有静的意蕴。

还吃了一餐越南菜，店小且有风韵，可惜食物味道不佳。

香港给我印象最深的，不是眼睛看到的秩序与素质，而是拥挤和时尚。拥挤倒不是真的拥挤，地铁里是要站着没错，但没有塞满，路上行人穿梭不断，但还不需要挪步前行，这种拥挤，只是感觉上的。

它还体现在文字的使用上。从地铁广告到街道上的商店招牌，密密麻麻的汉字充满视野，塑造出一种独特的美学感受。这种招牌伸出马路的景观早就在各种电影里领教过了，但是身临其境，被霓虹灯渲染的招牌充斥于视野，反而感受到一种奇怪的温暖人心的热闹。

说时尚，其实并不准确，应该是对外形的在意程度远远超过我所生活和了解的内地城市。不管是在地铁里还是人行道上，几乎每一个人都将头发打理得整整齐齐，经常看到有自己鲜明穿衣风格的人走过，倒是老外们，似乎还没有香港人这么讲究。

说到在街上行走，总是会碰到反对"占中"的摊位，大多是中年以上的大叔大妈担任义工，请过路的行人签名，大声公开着它们的宣言，当然也看到了聚集在马路上反对"占中"的学生和他们的帐篷以及五颜六色的海报，使原本就不宽阔的街道显得更加拥挤。没有时间让我来看懂和理解，发生在这个时间段里的事情。我只是一个过客，清楚这一点，便老老实实地往购物中心去，去做一个游客该做的事，然后静静地离开。

　　前段时间也去了澳门，澳门除了景点，其他地方安静得要命，好像没有人住，而一旦进入景点一带，则突然人山人海，犹如魔法。是的，澳门就像是虚构出来的，不管是那个虚张声势到不可思议的威尼斯人赌场，还是小小的大三巴牌坊前的各路小巷。相较于此，香港倒是更加生活化，更加有真实感。

　　这一次几乎没有去什么著名景点，比如迪斯尼，比如海洋公园，完全栖身于城市，所能感受到的只是香港展示给游客的最表面的一层。如果日后回忆起来，我会记得香港的窄街道，会记得早餐店里看报纸的老人，会记得路边大声公放出的声音，记得在九龙公园里遇见的一批围着头巾的人，还有清真寺穹顶上聚集成群的鸽子，以及它们突然飞起来掠过天空的样子……当然，还有那些闹市中的二楼书店。

　　第一站去的是序言书室。早在网上查过信息，旺角西洋菜南街68号7楼，本以为不好找，结果却大出所料，从旺角地铁站出来没走几步便可看到招牌，指引你进入狭小的楼梯通道，二层三层都是小店，按摩、理发，三楼有电梯，可直接上七楼。一出电梯，便看见楼梯上一排排宣传页和免费杂志，墙面上贴满了文化活动的海报。就像普通的住户人家，推开门，一阵风铃声告诉主人，你来了。

书店很小，本来就是居民楼改造成的，但陈列布置颇用心，几架书外，还专门辟出靠窗位置供人休息看书，甬道处还有小小展览，挂着独立设计的帆布袋、一些创意饰品和一首写于1976年的诗。走在书架前，久未感到的寻觅好书的快感重新涌来，书大多独本，眼睛稍不留神就会错过你可能喜欢的书，每一次抽出书本、翻开、放回，都是缘分。从热闹街道遁入隐秘空间，神奇穿梭，另辟天地，若非游客任务在身，真想在这儿闲坐一个下午。沙发上有一只花猫在睡觉，一个青年人在看书，店主坐在柜台后面，我没有说话，悄悄走了，关上门，还听见脚后风铃的声响。

出门下一层，另有一个书店。推门进去，也是风铃声。较于"序言"，是另一种风格，店里挂着好些字画，陈设的书也老得多，新旧杂陈，有点不易翻检，匆匆逛了一圈，便出去了。店主在柜台后面放着电影，看得有味，抬也没抬一眼。下得楼来，没走几步，书店招牌不断，没有都进去，选了个名气大的，"田园书屋"——夹在化妆品招牌中间，田园书屋的绿色颇显温和。和"序言"比，"田园"简单也平凡了些，没有猫，没有座位，日光灯照在紧密的书架上，结结实实的一排一排，有点眩晕。人很多，小小空间里，站了有十来个人，书也杂，各色书籍都有，张爱玲的《少帅》被放在醒目位置。

在旺角还逛了一个两层楼的商务印书馆，人很多，正在打折，八八折，据说是最后一天。然后去诚品书店。"诚品"起于台湾，商业中心，大面积，复合式经营，24小时不打烊，大陆已经有不少书店在学习诚品的经验，它是一个被传说太多的范例。然而见到真身，却并未惊叹，至少没有"序言"书店给我的惊喜多。它在铜锣湾地铁站附近希慎大厦的八至十楼，是的，一家书店占了三层，可谓土豪。书店以木质风格为主，辅以黑色，有格，有品，却没那么吸引人，也许是之前见过广州的方所，也见识了不少改造过的新华书店购书中心，大，不过如此而已。

但诚品果然是诚品，名不虚传。因为想要找查建英的《弄潮儿》，前面几家书店都没看到，本是奔着诚品来的，却也没寻着，见到一女店员，便搭讪问之。结果不尽如人意，但过程颇让人感念，现在书店店员对书的了解程度早已大不如从前，而当我问有没有查建英的《弄潮儿》时，她却能立刻反应告诉我"没有"，并且补上一句，"我们书店没有牛津出版社的书"。不用去查询电脑，就能够知道一本不在他们书店出售的书出于哪个出版社，没有一点功底可不行。这是奇遇，当记一笔。

最后一站是人民公社，它离"诚品"不远，走路不超过十分钟，躲在时代广场对面的一栋居民楼里。红色的招牌上写着：禁书、奶粉、咖啡。有意思。上楼，依然风铃接客，一进门一块可移动的板子从柜台上伸展出来，正对着我，上面写着"不要打扰，有事请咨询柜台"，这板子后面坐着一个女人，她在你准备接近她之前，已经把你拒绝了。哈哈。

　　人民公社似乎专门为大陆书虫所开，不仅有书，还特指明禁书，另有代购、海淘、奶粉等服务，店内小而不乱，和"序言"一样有风格，招人喜欢。逡巡在一架禁书前，当然，也有不少好书，徐中约的《中国近代史》，足本；《八十年的访谈录》，足本；《七十年代》足本。还有一排董桥，一排北岛，都是牛津的，噢，这中间还夹着一本《弄潮儿》，可把你找着了。

　　以上只是我半天寻访的几家书店，不包括路上撞见的中华书局之类，若是有心，还有很多值得一览，只卖简体字的简书店、KUBRICK电影书店、"书得起"设计书店都是应该写在日程本上的名字，这次错过，下次再说。

八卦岭寻书记

放假之前，我给自己定了一个任务，寻找深圳地界上的书店。放假的第一天，我去了中心书城。放假的第二天，我在床上度过上午，在藤椅上度过下午，在电脑前度过夜晚。放假的第三天，我去了八卦岭，传闻那里是深圳最大的图书批发市场。我当然知道，叫作批发市场的地方与码头毫无区别，书籍就是鱼，历史书是鲤鱼，小说是鲫鱼，它们张着嘴巴呼吸彼此吐出的空气，还有艺术、风水、旅行、地理，还有鲶鱼、草鱼、鳜鱼、鲢鱼……也可以是衣服和鞋，冰箱和洗衣机，或者石灰和农药，书本在这些地方有一种属性：货物。

我在下午到达，车门一开，我就落了下来，像一片叶子落到它该落的地方。走了很久找不到路，便问路人，路人也不知，看来实在很难找到。我希望是一大片零散的小店，最好可以是南昌文教路的样子，然后规模更大，各种二手书店排队站好，一一等我检阅。在深圳，基本没有书店。要么是巨大的书城，每个区都可以见到，楼房高大，标志气派，文化指标瞬间飙涨。但是书店不能太大，书店不是沃尔玛。另一面则全是"擦边"书店，那是书店被鼓励的生存方式，放一些书，然后拉起投影，弄起厨房，书呢？书不重要，至少不是最重要的，那种地方，你不好意思逛，实际上也没什么可逛的。我喜欢最老式的书店，深圳我还没有看到一家老式书店。

如果你相信自己，就总能找到路。没过多久，我走上正轨，撞见书城。其实我挺喜欢这种地方，书从地上一摞摞地叠起来，连成一片，头顶是日光灯管，干干净净，明明白白。如果再加上几张写着"挥泪减价""最后三天"的巨幅白纸，就很像那种十元清仓处理大卖场了。我很乐意逛一逛这种卖场，上次就在里面买了一把剪刀，第二天又去买了一个垃圾桶。

书全部打折，六点五折至七点五折，如果网上搞活动，也差不多就是这个样子。我逛啊逛，好书不少，惊喜不断，但我不急于买书，还有一个下午呢，于是找个地方坐下来，看完一本书——是张炜在香港浸会大学讲小说的书，不厚，在书店看这样的书正好，一两个小时搞定，轻松又满足。

接着我真正搜刮起来，依然是我一以贯之的买书守则。第一：买图书馆没有的书。第二：买可以看两遍以上的书。第三：买老书。没过多久，手里抱了一堆，《坦白书》《寡人》《霍乱时期的爱情》《冬牧场》《如何写影评》《蒙马特遗书》。以上全部符合第一条，大部分是新书，图书馆都找不着，但又和最后一条相抵触，符合全部标准的只有老马的《爱情》。

事情就是这个样子，当然知道要看经典，要看那些已逝多年老作家的作品，但总是一拿就是新书。老书难啃。再有，还活着的人写出的东西，和我们的关系总是要近些，更能看出其中的蛛丝马迹，找到一片云或者一个神。

最后我去掉了《坦白书》和《蒙马特遗书》，付账 86.4 元。是为记。

小旅行

徒步婺源

去婺源的途径有很多，选择从景德镇坐当地的班车，因为可以直接到清华，免去转车的麻烦。车上多为普通乘客，家就在婺源，或者去景德镇办事，或者从外地回来。真正的游客集中在最后两排，他们很容易辨认，背着大大的户外背包，戴着太阳镜，手里拿着地图，对窗外的景色赞连连。

我坐在倒数第二排，后面是一男一女两位研一学生，旁边一阿姨，头发花白，向后梳，用皮筋扎起来，干净利落，再旁边中年男女一对，北方口音，相机包很大，挂在身上。

那对中年男女从赋春下车，准备徒步西线，其他游客也陆续下车。一个半小时，最后剩四个陌生人，我，男女研究生，阿姨。狭路相逢，正好结伴而行。到清华时已经中午，找了一间大排档，吃河鲜小鱼，野生蕨菜，青豆芽。四方小桌，四个陌生人，开始聊起来。研究生男女来自厦门某大学，男生成熟稳重，戴眼镜，是这几天的领军人物，江湖人称"杨棒棒"；女生清新自然，不施粉脂。

另外一位阿姨颇为传奇，她也是从厦门来，不过是天津人，去年本想去海南过冬，在厦门停留时觉得惬意，就留在厦门，一待就是四个月，这才回程，路过江西，便过来瞧瞧婺源。此阿姨乃教师一名，年过花甲，15年前停薪留职，只身去非洲打工四年，然后游埃及，看尼罗河，登金字塔，过西奈半岛，历时一个多月。最近正筹划陆路去一趟泰国。

饭毕，去清华镇名景彩虹桥，建于南宋，因雨过天晴时能看见彩虹，因此得名。到了，却是大失所望。说是修缮中，却不见施工，因是木桥，表面红漆都已脱得斑斑驳驳，和照片上完全是两个地方，由此可以见真理一条：千万不要相信照片。

阿姨因为被彩虹桥打击，临时决定不和我们一路往下走，四人成三人，下一站，卧龙谷。班车是等不着了，最便宜的摩的最低出价也是25元一辆。僵持在两辆摩的前面，价钱说不下来，幸好遇见一带货面包车回大鄣山，一人10块带我们上去，从此好运似乎一直不断。

沿途风景其实还好，将败的油菜花，绿树，青山，黑砖白墙的村落，明明白白的乡下，点缀着些徽派建筑。

卧龙谷也和别处山谷没有不同，甚至还要小气些，只是有一条溪水，旁边修了路，一路往山上走，人渐渐少了，最高处有两条瀑布，叫作青龙、白龙，看完后，就直接下山了。晚饭是几个 3 块钱的小红薯。正巧遇见一大哥空车下山，免费载上我们，山下有村，村里有客栈，不过，我们选择了翻山。六点五十分，在村里买了电筒，沿青石板拾级而上。

第一座山张开大口将我们吞噬在黑夜里。

夜里上山，这是第二回。去年手机掉在外婆家河对面的小山上，和舅舅一行人晚上去找，不过那只是十几分钟的事情，和这一次不可同日而语。月明星稀，沿着石板路一直往上，他们走在前面，我殿后，青山暗夜间，只有我们三个人，同时感受着渺小和伟大，这种感觉让我融化在天与地之间，最后成为一体。

走到山上，回首可以看见山脚点点灯火和天上的星星交相辉映。回过头来，只能看见脚下这一片被电筒照见的石板，一级一级，上山又下山，不知覆盖了多少个山头，经过了多少旅人。传说这石板是古代徽商办货所走的路，时光已逝，徽商只剩传奇，只有建筑和血脉延续。倩女幽魂的书生故事也许就发生在这样的路上，谁知道呢？月光洒在山间小道里，踏着银色的石阶，拾级而上，听泉水潺潺，鸟声惊鸣，看皓月当空，灯火零星，实在是有点古人的雅致了。

晚上九点钟到一村庄，叫金元村。入村有狗，狂吠不止，终于有人出来，让我们进屋。屋主是一对中年夫妇，有一子一女在外，家里只他们两人，不过还有邻居在，和我们聊天，主要对象是杨棒棒。他有一项本领特别实用，就是夸人，不管是谁，夸得你舒服了，什么事都好说，这是一门功夫，而我连门还没踏进去。一路疲惫，早早睡去。

起床是一件极讨厌的事，但这时候也不是特别难。

天很静，水珠悄然起舞，翩跹成雾，在山间荡开一片，直到从眼前消失飘向远方。我立在千年前栽下的樟树底下，和一只朝我狂吠的狗对视，我不能让它觉得我怕了它，就这么站着，拿相机拍它。它吠得腻了，转过头趴在地上，咬它黑灰色的尾巴。回到留宿我们的人家，又被主人领出来看千年的红豆杉，笔直而葱郁，在清晨薄雾里缄默不语。绕过它，是田野，可是田野里没有庄稼，黄色的草妖娆群舞，潮湿妩媚，吞下了整个春天，幸好还有梨花，站在小池塘边，极其惨烈地盛放。

石头和泥巴，走在那上面，朝着太阳升起的方向。我们三个整顿行装，走进新的一天。天还很静，只有水珠和阳光在战斗，昨天和我们聊天的男人骑摩托呼啸而过，打了个招呼，说"这么早"，然后，他的背影越来越小，我还没想出像样的回答。

弯了几弯，白墙黑瓦重新出现，我们仿佛看见了包子，心里很高兴。那种墙，高高地往上，你仰起头，只能看见一条口香糖一样的天空，没有云朵，白得无聊。墙下站着老人，皱纹从树林爬到她的脸上，白色的头发掩在帽子里，看着我走过，不说话，静静地吃油条。我回过头看她，她还在吃油条。石板的路上有孩子的脚步，我看见他的背影，一个大书包。

村子老了，我和它说话，它也不理我。我走在它的心脏里，已经感觉不到跳动，血液静默地流淌，慢慢地，不知道什么时候停下来。我还年轻，我们都还年轻，寻找包子、油条和稀饭，店主很热情，用青瓷大碗给我们盛水，太阳照进来五彩斑斓。我喝下热水，吃着包子，看着河里的流水和被树枝挂住的塑料袋，然后离开。

太阳变大了，空气干燥起来，我们还是在走，走过了一个村子又一个村子。宁静的力量包裹住村庄、溪水、行人，还有山冈，我们不语。一直走到理村，那是个著名景点，通票不包括此地，进门60元。我们决定离开那里，走一条更隐秘的路，它在每一个当地人的脑子里，寂寞极了，终于等到了我们。

山路都一样，你不认识它，它也不认识你。如此走了大半天，还是不认识。走到中午，有一小村，我们停下来，在一户人家里吃饭。这里每家门口都有小池塘，养冷水红鲤鱼，红鲤鱼是这一带的名菜。我们自己动手，捕了一条，算好价钱，自己掌勺，味道极好。

晚上，我们又翻过一座山，到达一个新的村落。

这座山更大，太阳落山的时候我们坐在山间的小路上吃馒头，看落日。风景并不很好，自然也不坏。黑夜行路与白天不同之处在于白天用眼，而晚上则是更多用耳，当然没有狼嚎之类原始之声，但流水潺潺可以让人体会到真切，清谷回响，妙不可言。黑夜屏蔽了杂色，天空也美得动人。

未到山脚，即看到手电的光正朝着我们闪。是官坑饭店的老板，之前虹关某客栈的老板提前打了招呼，却没想到会亲自来接，受宠若惊，打更住店、吃饭、歇息。

赶着清早起来，去照相，老板娘告诉哪里哪里可以拍得村庄全景，遂朝那方向去。上一个小坡，昨天晚饭时遇见的一行三人中，其中一女子已经驾着三脚架颇有架势地照上了，我可怜的技术与相机，也只能随手咔嚓而已。还没几下，就见她下来，原来一大伯对她指手画脚，路过我时，嘱咐了一声，别踩着他的油菜。

赶路。六点半启程，沿高山平湖，往段莘。路是黄土大道，没有爬山的乐趣，偶尔一辆摩托穿于大道间，早晨总是这么安静。沿路的村庄开了好多梨花，为平坦单调的大道增添不少色彩。

前面是一片湖水。这种湖又称水库，很长，一直延伸到视线尽头，被山挡住，也没能看见它的尾巴。大路和它有一段距离，是平行的，如果有船，就太好了，可最多只见几叶扁舟，没有一点摆渡的意思，我们便也没有下去。

段莘在之前的计划里根本没有出现，这里无风景，普通一个小镇，唯一的旅客大概就是我们仨。吃了稀饭、包子，杨棒棒发挥神力也没有找到顺风车，最后坐在一辆卖菜车的斗篷里，过村过店，帮着吼两声"卖菜、卖菜"，一来二往，车费比定的少了一半，杨棒棒实乃英雄。

一路上，观山色，听风声，诵古文，过江岭，人满为患，挥手与行人问好，春意盎然。中午抵达晓起，入村，游人摩肩接踵，闻樟木辛香，尝古酿美酒，观大夫宅第，并不尽如人意。上晓起，小院中，梨树下，野菜家常，古酒清茶，饱食三碗，甚美。

这种景点实在没有什么可说，人挤人罢了。

饭后，坐班车去李坑，游览一遍，了无新意，不过凑着人的热闹，心情也好。在这里，与棒棒在网上约好的另一位大姐相逢。此人乃一记者，一路上口若悬河，给我们普及社会知识，说起某某朋友如何如何，飞到丽江只为吃一顿饭云云，开头听着新奇，后来实在有些反感。但人总是好人，家里有一儿子正备战高考，更因她的缘故，得以在下一天参观某瓷器厂。

到思溪延村，已经黄昏，转了一大圈，踌躇准备留宿时遇大四女生四名，挤进她们的包车，到县城，宿金泰旅馆。这四个女生是广州某大学舍友，最后时刻，出来玩玩。她们介绍的旅馆，很便宜，吃饭在路边小店，更是便宜得冒火，那大姐直呼神奇。

第二天清早，再度出发，茫然间上了一辆面包车，迷迷糊糊就到了景德镇。下起雨，到这位大姐的朋友家汇合，好一同去参观瓷器厂。

厂房里有巨大的瓷瓶的半成品、成品。工序不详，只看到有切割地，有专门画画的。然后到之前那位大姐朋友的工作室，她正在研究某国际参展瓷器的图片，一老匠人正揉着土。旁边还有一外国女生，姓名不详，飘逸长发，偶尔也捏上几把，是来学习的。

出门再往里走，到三宝陶艺村，进了一个不知什么名目的建筑群，里面有店面卖手工艺品，也有小咖啡厅，没什么人，自顾逛一圈，出来。门口有一面碎瓷砌起来的墙，旁边有两根钢筋网框，里面堆满瓷瓶。我们仨一人掏出一个，撒丫子逃离"作案现场"。于是乎，在火车站的售票厅里，三个人一人手里抱着一鲜红的罐子。

然后，分手，各回各家。

行程小结：

时间：3月27日（星期五）雨停

去向：婺源

行李：双肩背包，里面的衣物、相机、《古文观止》

行程：

第一日（3月27）：

中午出发，晚7点到景德镇，吃冷粉，宿小霞朋友处。车费，24元。

第二日（3月28）：

早起，10点半往婺源清华镇去，12点抵达，食午饭，游彩虹桥，上大鄣山卧龙谷，6点下山，7点翻金刚岭，9点到金元村，宿农户家。吃住行加通票，137元。

第三日（3月29）：

六点半出发，行田间山路，薄雾在天，经簧村、河东、河西，过理村，不入，往沱川，继而翻山去虹关，11点半于山中白石坑村食午饭，荷包红鲤鱼，3点半到。旋即启程，缘田径，至岭角，时已5点，又翻山，7点至官坑，天亦黑。宿官坑饭店。吃住，63元。

第四日（3 月 30）：

六点半启程，沿高山平湖，往段莘，约 10 点到，搭卖菜车去晓起。中午抵达，入村，游人摩肩接踵，小院梨树下饱食三碗。饭后乘班车去李坑，再乘面包车往思溪延村，此时已近黄昏。遇大四女生四名，挤进她们的包车，到县城。食路边摊，宿金泰旅馆。吃住行，93 元。

第五日（3 月 31）：

早起，从婺源到景德镇，游三宝陶艺村，进工厂，入古村。中午乘火车回南昌，7 点到，无车，宿朋友处。吃与行，80 元。

行色凤凰

我自然写不来一部《湘行散记》，却总是待了几天，记一点下来，以后看。

去之前说怎么也得先看看《比我老的老头》，作者是黄永玉。早年在一些怀旧集子里见了他，知道是画画的，沈从文是其表叔，走之前盘算着读读他的文章终了没成，只在八月里的时候翻了翻，没有看进去。

虹桥边上有一建筑叫得翠楼，是黄永玉的画室，檐牙高啄，颇有看相，没进去，路过时瞥一眼，招呼我们去沱江里泛舟的大姐说，前几天黄永玉还在这儿，不知真假。换个话题继续和大姐闲扯，她是土家族人，见我们无目的地闲逛便很果断地来了一句"坐船不，农家的"，便跟着她走了。

刚到的那天下午，卸了细软吃了饭，日光里面悠悠晃晃，沿着小江坐船去。江只有河宽、绿色，是布满海藻一样的绿色，实在是不能算清水。船就是那种旅游区的小船，比乌篷船小些，比贡多拉大些，有个小棚，底下摆凳。

微波粼粼，一定是要有太阳的。这天太阳很大，把水照得刺眼。索性把眼闭上，听就好了。流水声上面是一句句听不懂的山歌，旁边游船上的笑和说话，远处洗衣的棒槌一次次捶下。

行程不像那位大姐说的那么动人，几百米的距离打个转，上岸了。

沈从文墓，在听涛山上。不知名字的来历，却总觉得不妥，这江南水乡的，细水长流哪来的涛声？

山底下有一书店，卖些沈和黄的书，比一般书店多一项业务，购书可加盖"从文让人"之类的印章。有点意思，只是纸张怎么摸起来那么像盗版，希望是我眼拙。

听涛山叫起来豪气，其实很小。十分钟可以到山顶，那里有个文涛小院，大概是借了这听涛山的名，可是我总觉得好笑，凤凰卫视有个窦文涛，这凤凰古城正好来个文涛小院，里面是不是很适合"锵锵三人行"呢？这个我不知道，因为没有上去，只到墓地处便止。

墓在半山的小道上，路过了又走回来，实在不像墓，一块人高的大石头而已。什么也没有，没有名字，只那么一块大石，上面写着"照我思索，可理解'我'；照我思索，可认识'人'"几句话，选自沈从文的文章，由张充和手书。

我怀疑凤凰的每一家咖啡店都有一只猫。

八月里的猫叫本本，蓝灰色，很肥，很懒。蹲下来照它，它却不搭理我，转眼溜回店里，我便跟着进去了。

店不大却有三层。上了楼，一个人没有。在靠窗的阳台坐下，去楼梯书架那儿取了本书，正是那本《比我老的老头》，黄色书皮，也盖了章。翻，却终究没有翻下去，阳光洒在身上总是太懒了，不自觉便把眼离了书去看江水、房子、船夫和游人，或者什么也不看，甚至不想，只那么倚着栏杆坐着，歌声从店里的音响传过来很远很远，静下来仿佛没有了时间。

风景真的很美吗？确实，但更美的是那点闲情逸致。闲坐、慵懒、午后、阳光，说起来无比有格调、小资、愤青，各有各的乐，各有各的苦，装起来各式各样，可这样一个下午，一杯咖啡，一个座位，一片江天水乡，是真的很惬意。所谓现世安稳，岁月静好不就是这样？

在楼上坐着枯了，便窜到地下室。很小，只一个炕，上面两张木几，几块坐垫，坐在上面离水就很近了，近的不美。我跪在藤椅上看满墙的留言，各种纸张，各种笔迹，各种人，来过又离开，写了几个字，多关于爱与孤独。有几张黄色的纸很醒目，上面印着诗，普希金、惠特曼、雪莱、我记不住其中任何一首的名字，任何一句话，尽管我小声地念着它们一遍一遍，字字句句抚摩过我的喉头、舌和嘴唇。

听见我的声音的只有本本。它蜷在角落里的鞋架上，铺着毛巾，应该是专为它准备的。我去摸它，灰蓝色的毛穿过我手指间的空隙在抖，可是它没有离开，甚至没有睁眼，只在我的手指碰触到它的时候起颤。它的地盘我不构成任何威胁，它一定这么想的。

素也有一只猫，貌似叫牛奶，很平常的黄白花猫，比起本本瘦了很多，眼神也锐利。

素是两层。底层有一个相框里写着"本店不欢迎杀人等类似游戏"。自然也有书，有靠窗的风景，有听不懂的英文歌，有柔和的灯光。素的斜对面就是虹桥，总是有人露出头来咔嚓咔嚓地拍照，桥下有网，里面是堵塞的水草，有专门人员进行河面清理。一个大叔很清闲地坐在小船一尾，衣服与水咫尺距离，却永不会挨着，这叫技术。他一个人舀水，站起来划两下，侧着头发呆，很无聊的样子。

凤凰遇见洞洞哥，洞洞哥叫小武。

洞洞哥是在不知其姓名的情况下胡诌的代号，小武是哪个"武"也待考，不过这个人和他的歌还是值得写一下。

第一天的晚上路过这个门洞的时候，被几个热情无比的女同学要求出钱，掏出几块便找一个空位坐下。坐在石凳上，背靠城墙，人来人往，歌声很淡，听不真切，反而导游的小红旗醒目，不经意就被其吸引，看着一队人马过去，一队又来，歌声更淡终于成了背景，灯光恍惚打在人身上像文艺片里的样子，来来往往，往往来来，所谓世相。

有人走过会停下来看几眼，有人掏出钱离开，有人拿出相机拍照，有人站着不走，还有的跟着唱几句，有的拍几掌。

人聚人离，但不像公共汽车站或者超市。总有一点东西会记得，不一定是感动，也许只是灯光印在某人身上的那个影子。

我记性不好，听的歌不多，能叫出名字的更少。所以我一直闭着嘴，只听就好了，从不点歌。对面那个女生点得勤，《蓝莲花》什么的一首接一首，她的男友应该是去买咖啡给洞洞哥，一会儿又不知从哪儿搞来一块燃着的蜂窝煤，大伙笑着。

关于洞洞哥本尊，也是传奇。据他说在洞里唱比酒吧里舒服，每天开工收工自如，高兴点和陌生人唱个通宵，不高兴干脆不来。洞洞哥人气高不仅仅是因为他唱得好，更重要的原因是他很幽默，总是即兴改点歌词，活泼地和路人合影，抖点笑话，同行的朋友被洞洞哥深深地吸引住还有一个重要原因，是他夹着烟拨弦。

我要是会弹琴、会唱歌，我也去当洞洞哥。

凤凰有啥好玩的呢？

城内有九景，包括沈从文故居、古城博物馆、崇德堂、东门城楼、杨家祠堂、沱江泛舟、熊希龄故居、虹桥艺术楼、万寿宫，除此之外还有周边南方长城、奇梁洞等景点。

要问我这些景点怎么样，我就真不知道了，我一个也没去。另外非常有吸引力的苗寨也没去，这么几天，每日在城里转悠，晒晒太阳，走走路，闲着好。

我买了一个面具，全白的，全城貌似只有那一家店，而白色的也只剩几张，张张都不干净，表面很多脏痕，不过太喜欢就买了。又买了一个匹诺曹的小木偶，小孩玩具的摊，绳子在底下一拉，他的四肢全部举起来，特别好玩。

然后，在一个清晨，和来时一样，我们拖着箱子上了班车，就这么走了。那张面具后来丢了，那个匹诺曹如今还坐在我的书架上，我抬起头，就看到他尖尖的鼻子，灿烂地笑。

云南日记

十月十五日

　　　　——火车是个怪物，它吃掉人和时间。

独乘火车，嘴巴不得工作，一天便那么坐着，坐着，还是坐着，当然可以站起来，甚至到过道里走一走，去厕所里转一转，然而最终，你不得不坐回去，靠窗倚着，观察身边的男男女女，顺便被他们观察。这和乘公交车并没什么两样，只是时间拉长，尴尬也长。

　　此番来云南带了一本施蛰存先生的《唐诗百话》，一本《古文观止》选节本，一本张岱的《西湖梦寻》薄册子。《唐诗百话》借自图书馆，没来得及还，顺手装进背包，想唐诗耐饥，可以慢慢嚼。其余两本也是这个意思，若一本小说什么的，一下看完就不好了，这些个古文，慢慢看，总也看不完。

　　唐诗从小背，"春眠不觉晓，处处闻啼鸟，夜来风雨声，花落知多少"，"床前明月光，疑是地上霜，举头望明月，低头思故乡"。上了学，读初唐四杰、李白杜甫、韩愈柳宗元，都是囫囵吞枣，当不了真。施蛰存先生这本诗话从初唐到晚唐，各取代表人物，选诗歌百首"串讲"，深入浅出，对我这种根基薄弱之徒大有裨益。

　　一路上看书与昏睡，在古诗与旷野间穿梭，时间愈长，生命的气息愈弱，你会发现人的限制和无趣竟可持续这么久。

　　火车在拼命钻山洞，天渐渐暗了，寒气益重，从窗户望出去，层峦叠嶂，云气接天。山是蓝色的，像是大地长了牙齿，突然地耸出地面，如雨后春笋一排排向远处荡开，烟云缭绕，很适合菩萨们选来做道场。

　　历经三十个小时，晚上九点三十五分到站。脚踏上昆明城，并未生起什么特别感受，只是天很冷，我有些担心没有带够衣服。

十六日

早饭吃的大理糯米粑粑，形制很像路上常见的武大郎烧饼，外面脆皮，里面豆沙滚热甜腻。另在街边小店吃豆花米线，米线就是米粉，不过比一般米粉稍粗。一碗端上来，汤料齐全，很引发食欲：最上面铺着豆花，其余还有牛肉、碎花生、包菜、韭菜、葱花等佐料，汤汁浓郁，吃到嘴里可口，大概放了薄荷，吃起来并不呛嗓子，辣中还有股清凉。

吃饱上路，今天的目标是翠湖和圆通寺。

汪曾祺说昆明离不开翠湖，因为翠湖是昆明的眼睛。这一点如果不是手里拿着地图，并不好感受。湖中道路纵横，树高且大，置身其间，反而觉不出这是在一个湖上，我没去过西湖，不知道是不是这样，反正这里是看不出湖来的，我以为湖总是要好大一片水才行的。

汪老又说"翠湖是一片湖，同时也是一条路。城中有湖，并不妨碍交通。湖之中，有一条很整齐的贯通南北的大路"。

初来乍到，这湖中路对我来说可并不止一条，交错纵横简直要迷路。我们从东门入，西门出，南门进，又从北门出，四个门都穿过了，湖中一些地方却并未到达。这完全是游客来的，走马观花，不过走马观花有走马观花的乐趣，这时候心里还有好奇，四处皆是新意，等到磨合期一过，眼睛生了茧，看哪里都是寻常，甚至自己也融入风景，这就是当地人了。

汪老写的那个古老图书馆，我们暂且没有找到，卖糠虾的老婆婆也未曾看见，著名的海鸥这个时节也不会来。然而这秋天的翠湖，却也并不寥落，仍然是热热闹闹的，生气十足。还没进湖中，便远远听见各种音乐声、人声。所有的空地上都围着人群，一圈厚过一圈，中间或是老年乐器团在练习，或是胡琴演奏，或是一排人手中持鼓在拍，或是男女老少一齐随着音乐起舞。这舞群中间有一些身着少数民族服装的人，或领头，或殿后，虎纹的大衣，洁白的长袖，后退前进甩手扭腰，其乐融融。

翠湖有很多小吃，我在这里尝到了饵块——一种糯米粑，在火上轻烤，热后于一面涂各种酱料，卷起即可食。酱料种类繁多，有花生酱、芝麻酱、甜辣酱、腐乳、番茄酱，甚至还有巧克力。还有木瓜水，这不知是什么玩意儿，不符我的口味。另吃了一种水果叫作波罗蜜，外形酷似榴梿，只是没有尖刺，果肉橘红色，味道也是我不能享受的。

圆通寺离翠湖不远，但具体怎么走，我答不上来，我们都是撞路。

圆通寺由吴三桂所建，圆字取义陈圆圆，圆通又是佛门用语，一语双关。这寺很妙，既有大乘佛教的宝殿，却也供奉着小乘佛教和藏传佛教的佛像。据说这里原先供奉观音菩萨，之后观音移走，请来释迦牟尼，20世纪70年代泰国国王送给中国佛教协会一尊铜佛像，由政府出资，又在寺里修了一座泰式风格的建筑来供奉这一尊铜佛，取名"铜佛殿"。这都是从导游那里有一句没一句听来的，至于侧殿为何会有藏传佛教的莲花生大师就不得而知了。

这寺不大，殿宇也不多，香火倒是旺盛，从我们进门到出门，烛台上一直有人填烛点香，善男信女颇多。有一对夫妻走在我们之前，逢佛必拜，拜完起身，去拜下一个佛。我一来不知有何事要求之于佛祖，二来真心不知如何行跪拜礼，所以干脆不拜，只看。然而寺中所有大殿都在门口设栏，栏前设蒲团，只供跪拜，想要进大殿里面瞻仰瞻仰我佛尊容却是不可能。另外，整个寺庙没见一个僧人，这也是奇了怪哉！

寺庙主殿不叫大雄宝殿，称圆通宝殿，殿中央供奉释迦牟尼佛，殿两侧有五百罗汉护持，这都是佛殿惯例，稍有不同的是大殿中央的两根大柱上各绕雕龙一条，原来释迦牟尼曾到此讲经，信徒挤满内殿，翠湖中原有两条真龙也很信奉佛理，无处可坐，便化作原形绕在柱上听讲。

行走一天，我以为昆明很适合生活。首先这里没有特别高大的楼宇，这里的马路也并不很宽，当然我去过的地方还少，不能以偏概全，总之翠湖附近是这个样子——马路过宽使得过马路特别艰难。

另外路宽，路两旁建筑自然分隔较远，距离感便产生了。再有，街边很多的咖啡店，不是连锁、品牌，而是独门独店，独自经营。在我看来，有这么多店，就说明有足够多的人光顾咖啡店，既然如此，这个城市必然不会有紧张兮兮的生活节奏。

云南大学和师范大学靠得很近，师大是西南联大旧址，不过现在是看不到什么具体的东西，学校只是学校。倒是云大，地势起伏，园中巨树成荫，建筑也颇有古味。出云大则是文林路，文林路上有两家书店：漫林书苑和麦田书店。两家店都很小，不说旋马，四五个人就要为患。漫林有不少外文书，店内分类却很模糊；麦田名气大，是昆明独立书店之翘楚，真到了门前，却竟只是如此一个小店，不禁感叹。看过这两家，真为南昌有青苑感到高兴。

最后一站奔赴金马碧鸡坊——昆明的商业中心。商业中心各处都一样，不值一提，唯有此地一处花鸟市场颇可喜，见到很多蛇、蜘蛛、蜥蜴、兔子，各种老鼠种类繁多，鸟更是数不胜数。如果汪洋老师在，或许可以选一蜥蜴。

十八日

借住的朋友要去几个幼儿园送资料，其中一所靠近昙华寺，正好同行。

昙华寺"在昆明金马山西麓、紧傍金汁河"，此地"原为明代

光禄大夫施石桥的读书草堂，崇祯七年，由其孙施泰维捐修建寺"，
"因寺内有一株古本昙花，故取名昙华寺"。

这昙华寺，在地图上是"昙华寺公园"，大概因为寺里只有一
殿一塔，不如说公园。殿叫"罗汉堂"，进门可见，堂前香烟缭绕，
堂内有释迦牟尼、观音菩萨与地藏王菩萨三尊佛像上座，另有六尊
罗汉像立于左右侧室，分别是"长眉罗汉""伏虎罗汉""佛祖罗
汉""五子罗汉"和"济公"等。堂内四壁有"景泰蓝五百罗汉"
图，很可一观，另在堂前的过廊里，亦有石刻浮雕十八罗汉，全是
枯枝老僧，形神具备，只可惜刻字太草，除了那个长眉毛的，其余
一概认不得。

再说这塔，名瑞应，建于后园最高处，共七层，现代建制，虽不
古，然气势凌然，唬我这门外汉还是可以。塔前左右各有一碑，高
有两人，所刻为何不知，远远地望过来，颇有气势。话说这园里处
处有楹联、石碑，然而我看半天也看不懂。只有看风景，上到塔顶，
视野顿开，远方城区建筑间笼着薄雾，汽车在公路上往来，俯身下
看，那石碑旁正坐着一对男女。

其实年轻男女在这里是很少的，毕竟是公园，上班时间谁有工
夫跑这里来瞎逛？除了我这样的闲人，最常见的就是各位大爷大妈。
一般情况各自备好板凳、牌和麻将，往那四方石桌上一铺，正好搓
一桌，在高而直的柏树下打麻将，确实别有风味，从高处望过来，

以为是隐士了。除了麻将和牌，也有跳舞的，不过动作很轻，音乐似乎都没有开，这是在树林或者院子空地里。回廊中还有老年乐团练习，像煞有介事，廊后小亭坐满人在聊天，说笑不止，更幽静处的一段廊子里，一大爷拉着胡琴伴奏，旁边立着阿姨咿呀啊哦的唱戏，似是昆曲。

老了该如何？前几天看电视节目，采访"花甲背包客"。这对老夫妻从 2008 年开始环游世界，镜头里老两口说说笑笑，一路的艰难快乐全在他们的笑容里，满满的幸福。这当然是不错的选择，人到老，一生的经验、知识，天天买菜做饭带小孩，真有些委屈。俩人一起，与青山绿水做伴，何乐而不为？当然，只要自己过得满意便好了，这是哪个年纪都应该遵循的原则，如老乔所说"遵循自己内心的声音"。

傍晚在新闻路新知图书城的春晓书店买了一本黎戈的《私语书》，三点五折，八块八。

二十日

阴天，晚起。

傍晚散步至大观公园，园内有大观楼，楼前有对联一副，号称"中华第一长联"，走到跟前看，实在不懂其含义，想登楼观景，走至楼梯，有一女士拦住，说登楼还要交两块钱，我索性就没有上楼，园子里转一转就出去了。

二十二日

十六七岁时记日记，除了感时悲怀，发泄青春期的牢骚外，就是骂老师了，想来真是毫无可观之处，然而那几本皱巴巴的本子现已不在我手中，纵是想观也不能，觉得可惜，那些本来试图抓住的时间，就这样让它再次逃走。

日记内容是记不得了，唯独对于日记的开头，还保持着一份执拗的习惯。彼时我底子差，从来没写过日记，一开头便总是"今天，怎么样""今天，做了什么"之类的模式，写的时候不觉，重新一看，真丑，怎么每一篇都要今天今天的没完没了？后来给自己规定，日记里一概不准以"今天"起头。

刚刚"二十二日"写完，不自觉在下面打出"今天"两个字来，也只就这两字便反应过来，立即删了去，方写了上面这两段话。

我愿意要以"今天"开头的句子是：今天是我的生日。

我本来并不知道这个消息，起床后开手机，几个人都祝我生日快乐，以为发错了，然后老爸竟也发来贺电一条，便掐指一算，还真是我生日。于是坐在床上欢呼，好像可以理所当然地高兴高兴，然而嗓子眼儿的痛一下子就显出来，于是冷静，生日本来就没什么不同。

　　是真的没有一丁点不同。我还记得读书时有一年过生日，因为想不到什么好的方法，便计划绝食一天，最后没有成功，太饿了，这就和前一天与后一天完全一样，生日淹没在庞大的日期中间，以后回看，就再也找不着了。

　　去年生日我在凤凰古城，夜深风凉，在桥洞里听歌，看行人烛火，突然电话铃响，是老爸，接了，可是没有什么话讲，祝我生日快乐，我应着，我没告诉他我当时在凤凰，就像今天我也没告诉他我在昆明。语言真是卑微的。

　　上午做了什么我竟然一点也记不起，大概随手翻了几页《私语书》，很早就去吃中饭，回来后晕晕的想睡觉，便睡，睡到三点多起来，身子都软了，手臂上是自己压出的印痕，去取梭罗的《瓦尔登湖》，负手到外面的太阳里看。是的，出太阳了，从我来昆明起，今天还第一次出太阳，照在身上真是温暖，手里捧着书，不想别的，看看书，看看粉墙紫花，猫和天空上变幻的云朵，很舒心，一个理想的下午。

　　理想的下午，舒国治的一本书叫这个名字，他说："理想的下午，当消失在理想的地方，通常这地方是在城市。幽静田村，风景美极，空气水质好极，却是清晨夜晚都好，下午难免苦长。"我却不以为然，我认为理想的下午应该不分地域，反倒是季节重要得多。理想的下午是冬天的下午，太阳暖照，只身闲坐翻书，随便乡村或者城市，只要不闹不吵，如果四周有花草树木可以换眼，有狗或者猫也同样地晒着太阳，就更好了；也可以三两朋友在草地上坐着，依然要有太阳，懒懒地谈话，下午很长，话也很长，犹记得那年和丁老师去九江，汪洋老师只带我们到赣江边坐着，也是一个理想的下午。

二十四日

公交车里，你不会介意这是在哪座城市。傍晚时分，我开始收拾东西，准备去火车站，票还没有买，但朋友以亲身经历说应该来得及，我就真的不急。有两双新买的袜子和一件T恤不见了，它们一直放在我的床边靠墙位置，可翻了个底朝天也没找到，只得走了，心里却不快。有一件小事卡在心头，满脑子都是这事，我大概有点神经质吧。在车上坐着，天已经黑了。火车站总是雄伟，售票厅亦然，那些卖票的阿姨、姑娘都长得可怕，一副凶巴巴的样子。我说"大理一张，今晚"。答"没了"，一时无话，脑袋清空。心里很紧张，怕耽搁了时间，里面的人会催，赶紧说那明天吧。拿着票走出队伍，大松一口气。又坐车回去，背着书包、相机，被人搭讪，问要不要房间。无视之，事情不顺利，心情也烦躁得很，买烤玉米一枚，也甚是难吃。坐在车里还想着我的袜子和衣服到哪里去了，怀疑是给人偷去了，因为我的床靠窗，又是一楼，平时窗外就人来人往，可有谁专偷袜子而不要电脑呢？寻思无果，又想起我的一双脏鞋，终于想起来因为新买了一双鞋，便把袜子和那件T恤放进鞋盒了，悲乎哀哉。可也终于想出来了，一记。

二 十 五 日

晚十一点五十上火车，明晨八点可到大理。

二 十 六 日

小时候孩子们之间总喜欢比赛，除了实打实的游戏之外还有口头上的逞能，比得最多的是爸爸，说"我爸爸是警察"的总是神气得很，大家都听他讲他爸爸怎么抓小偷，怎么杀坏人，当然是他胡自乱编，但我们都很相信，对他也悄悄地尊敬了许多，说"我爸爸有很多钱"的也不错，我们都羡慕他可以买很多辣条。还有很多像我一样父母在外打工的就不好意思开口，因为实在太平凡了，没有哪个笨小孩会给别人嘲笑自己的机会，所以一些聪明点的就会撒谎，于是各种各样的爸爸都有了，开飞机的，当老板的，不一而足，小孩们争得面红耳赤，都以自己的爸爸为荣，甚至打起架来也在所不惜。

除了成绩，什么都可以比，比谁跑得快，跳得高，痰吐得远，也比谁乘的交通工具多。我每次都很惭愧地在一旁听着，没有机会发言，因为那时我除了会骑自行车，搭了几回汽车，实在没有别的经验可供调用，有人说他坐过火车，我们总是又羡慕又嫉妒，那时我看都没看过火车长得什么样子，飞机就更不用想了，不过我们那生在穷乡僻壤的小娃中间，绝对没有谁坐过飞机的，但没有归没有，编总可以，每次到最后，从自行车、摩托、汽车、拖拉机、轿车、火车、轮船、飞机，全都有人坐过了，这个没有比爸爸那么严肃，所以不至于打起来，但气氛也是很热烈的。

现在离那些幼稚又热闹的游戏已有十多年了，眼前的卧铺经验，还是第一次，是先要珍视起来。昨晚初上车，我本是下铺，刚躺好，来了一位抱小孩的女士，要跟我换位子，她是上铺，实在不方便，我答应了，心里高兴，一是因为我从来没睡过上铺，二是帮助别人总是开心的事情。

睡得很足，一觉醒来，车厢里窸窸窣窣都活动开了，说话的人不多，可那种生活的声音此起彼伏，就像下课的时候全班同学一起收拾抽屉准备回家，好听极了。

出站可以看见远山的脊上一排洁白的三叶风车，很好看，发电用的，这还是第一次见实物，只可惜太远了。

坐八路车直达古城。在东门（洱海门）下车，旅社的姑娘在电话里这么教我的，打电话给她，来开门的是一个长发男子，落魄，艺术气息颇浓。大理的文青最常见的装束便是：一个马尾，一身麻布。

交钱，领钥匙，进房间。我并不急于进城做游客，反而开电脑坐下来上网。原因是有些失望，城楼太新。房间为木板隔断，一床一桌一椅，两口小窗正对着城门，阳光热烈地射在城墙上，房间里仍有凉意。

　　我一直坐到一两点才下楼，实在是饿了，动物的本能最具驱动力。入城门，沿人民路向上走，街为石板铺就，两旁建筑介于古与不古之间，但还算整饬，店铺林立不乱，路旁有清渠流水，又多植垂柳，抬头高天白云，往西偏一点就是苍山，走到城楼上可以看见东端的洱海，海那边的山。失望的感觉在行行走走间也就消了大半。

　　买一串烤乳扇，当地名吃，肯定要尝一尝。乳扇是类似奶酪的东西，形制成片状，缠在小棍上用火烤，表面焦黄后，涂些糖浆即可食。然而味道不合，赶紧找个店要碗米线。吃饱后想去苍山，不果，想去三寺塔，不果，不识路只有乱逛，乱逛也是愉快的，只是这么好的天气，这么好的地方，一个人着实有点可惜了。

　　城北一个小店内购得扎染一块，店主是个老奶奶，满头银发缠在头饰里，静静地坐在门口缝她的扎染。扎染的工序很是烦琐，先在布料上画好图案，然后由人用针线按着图案缝起来，下入染缸，晾干后拆线，那缝过的地方密不透风所以还是原色，这样图案就显出来，展平之后那些走过针的地方皱皱的，像老了一样。

二 十 七 日

　　我决定不去丽江和香格里拉了，一则资金不够，二则兴趣下降，还是留点悬念，下次再说吧。

睡到中午起床，出门又是一点多了，带着相机，四处转转。昨天因为失望，连相机都不愿意拿。

吃了一种叫作挖福饼的东西。店主是一个外国男人，系着围裙坐在门口，充当活招牌。还有一个女生，和这男的关系不明，主要活计由她来干，烙饼、上餐、擦桌都是她。昨天看着这一对组合就想试一试，然而一个人做吃的决定实在很痛苦，转来转去不知道怎么办，脚都走酸了，最后干脆吃米线省事。

老板热情地招呼我进屋，坐在位子上等，看着街上人来人往轰轰烈烈，惬意满足，又听老板操一口生硬的普通话开始叫卖："比利时挖福饼，现烤现卖，只要5分钟……"什么烦恼也都没了，再说本来也没甚可烦的，且翻一本桌上的杂志，主题是"赖在大理"，杂志上有关于喜州和双廊等村镇的文章，又看一本相册，全是大理风光，美极，这里风光好，好在蓝天白云，高山沧海，地势高，白云低，太阳暖照，柳树成荫，难怪人人都想赖在这儿，每天一抬头就是那样漂亮的云朵，还有高山，简直是避世圣地。

端上来的饼一小盘，方格状，像冰块盒，上面有巧克力酱和奶油，切下一块入口，顿时化在嘴里。吃完端相机四处走，复兴路、玉洱路、洋人街，城里也该走遍了，东、西、南三城门都到了，只是北门似乎有点远，未见。

在五华门城楼上拍了些照，走出城，想去寻一塔寺，未果，又往东去寻洱海，当地居民告诉太远了，要坐 3 路车才好，天色已晚，便走回城去，该吃晚饭了。

进一家小店名"六加一"，夫妻搭配，有小炒、盖饭、炒饭可选，素菜六元，饭一块，故曰"六加一"，我要的豆干肉末炒饭，也是六块。等了很久很久，不过饭真好吃，肉末、葱花、豆干和饭，颜色搭配得漂亮，引食欲。吃饭时听别人聊天，知道今晚九点有一场演出，吴吞和冬子，九点开唱。

没去听，借了一辆自行车，明天去洱海。

二十八日

早餐吃的鸡肉凉米线。类似拌粉，但比拌粉好吃太多，料好，还有那米线真凉，怎么回事没弄清楚，几口便吃完了。买两瓶矿泉水，出发。

出古城，穿大丽公路，往才村码头。路旁农田开阔，背后苍山白云，天朗气清。到码头，还价，许三十块上船，单程。湖上视野开阔，微波粼粼，怎么看那苍山还是在视线里。到景点，推车随导游戏走一番，无甚可观，出门，沿公路骑行，时十点半。十一点半到挖色乡，过南诏风情岛，双廊乡，至洱海最北端，到上关镇，终于吃了两个"贵州破酥包子"，继续往前，时已下午两点半。三点半至喜州，买喜州粑粑一块，推车闲逛，亦无可看之处，继续骑，五点半达古城，还车，走在街道上满足又空虚，抬不起步子，晚饭再食米线。

二十九日

中午吃"西安面食"，要了一碗裤带面。名副其实，面条宽若裤带，偌大一碗，端上来热气腾腾，葱花惹眼，却没有肉，心里不爽，因价钱不菲也。然面条入口，却是家里味道，没有肉也就算了，一口口吃个精光。

外婆是皖北人，旧时常做些面条、馒头、水饺换换口味，还有面疙瘩。面条是切面，我爱吃切面。馒头是炕在土灶大锅里的，一面焦脆发黄，市面上见不到，外婆叫馍，就豆酱或豆腐乳都好。我最爱面疙瘩，几把青菜，半盆散面，有时候剩菜也放进去，味道好极了，像泡饭。前几月，孙东禹同学做了一次，疙瘩细，还放了肉，香得不得了，不过这算是奢侈的了。面疙瘩原是没时间，随便糊弄的吃食。这碗裤带面好吃在它的酱油和醋，带感，不能久放，泡胀了就不好吃了。

三十日乘汽车回昆明，一号上火车，二号晚十点抵昌，三号补记。

坐车百怪图

　　我小时是很不喜欢坐车的。因等待总是叫人烦，左等不来，右等不来，除了踱步搔头之外毫无办法，还得硬着头皮继续等，又是山里，班车总共只有两部，间隔一小时一趟，甚或更久，等起来也就更要命了。

　　那时我家在军山，奶奶与姑姑叔叔都在云山，外婆在燕山，逢年过节不免总要在三座大山里来来回回。三个小镇子除云山真有山有寺，另外两个怎叫个"山名"，究竟未知。然而这穿行于山间的晃晃悠悠，必定少不了班车。为什么叫班车？不知道，只是从未听过有人叫什么小巴士，那本来是洋说法；似乎应该叫客车的，车身上写着汽车的品牌，"庐山客运""少林客运"，只是叫起来必定没有味，还是班车实在，一班一班的车。如果看过贾樟柯的《站台》，大概就可以想见这种汽车，和那种旅游巴士的干净宽敞截然不同，这里的班车：小、局促、破败，一路开进世俗和尘埃。

　　行驶在这样的山路，晕车是个大问题，父母觉得麻烦，自己也觉得愧疚。现如今在车上看到一脸惨白的小孩，倔强得非要大开窗户，趴着，一动不动地任风吹，即使很冷，我也不说什么缩着就是，然而总会有人提出抗议，于是家长连声抱歉地推紧玻璃窗，只留一条缝和一双失望的眼睛。

至今无法理解人的构造之诡异，竟然有人喜闻汽油味，张爱玲就是，这实在让人疑惑，怎么会有人喜欢闻汽油，怎么会?! 除了这么问问，也没有别的办法。可在我，汽油就是毒气，每每汽车发动，都不慌走，喇叭哔哔紧响要做最后的号召，而我即使大开着窗也要捂紧鼻子把头探到外边去，要不，一会儿就该晕了。

最后，喇叭的号召力往往很强大，车内一下被塞爆。于是，如我一般的孩子们就该倒霉了。叔叔阿姨们可不会看你什么白面红面，没有买票的小崽子，你在劫难逃咯。售票员阿姨眼尖如鹰："那个谁，把小孩抱一下……"后面的话不用再说，父母将小孩兜到自己腿上，没有买票没有位子，天经地义，小孩们想不得这些，嘴巴鼻子刚好对准大人们的屁股，呼吸都是困难呢。

待孩子长到半大不大的时候，家长还没适应给孩子买票，售票大妈则嗓门儿极大，指手画脚更是寻常战略，争执不可免，不是家长买了票，就是售票大妈灰头土脸而去，这个是技艺，但对那孩子，总是太残忍了。

过年春运，人骤然增多，大人小孩便一齐站着，扶着座椅牵着衣角，其实扶不扶无所谓，倒不了，人挨着人，根本没那空地。至于人没那么挤还有几步路可以移动的时候，我便练习练习平衡能力，先是闭目，接着放手，然后重心下移，人车合一，随车身一起颠簸，或高或低，感轻功奥秘，苦中作乐。唯恐路上有人挥手拦车，唰的一下急刹，那是要一头栽过去的。

山里没有汽车站，上车下车，全凭一张嘴一只手。拦车时把手臂一横，手掌上下摆几下便是了。下车，人声嘈杂，水泄不通，只有靠喊。这时候总是很紧张，就要到了，过了这个加油站，那片草莓大棚，那个石桥，对，就是那排房子，心里要估算好什么时候喊停车，还要设计好突出重围下车的路线，简直心力交瘁。

君不见，总有没被听见的叫停声，一声高过一声，最后车停下来，离家已半里地了。说这喊法，各处皆不一样。本地土话叫起来很有气势，"停踏、停踏……"那个"踏"字由低至高简直可比美声唱法，而普通话就不行了，"停车、停车"，喊到死，"车"字也叫不响嘛。

城里坐公交车经常可听到这样毫无表情的标准式声音："尊老爱幼是中华民族的传统美德……"放这声音，往往是门口刚上一位老人家，司机提醒一下，把美德搬出来，总要给老人家砸出个位置。这若是尊老的话，倒是屡见不鲜，但爱幼在有些地方并不盛行。这是因为，多小的人算幼，有些人并不明确，也没有固定的尺度。

　　让座不仅是做好事，还要克服着怯，对我真有点难，但哪个"红领巾"没让过座呢？那时从云山往燕山，车上人多，我却预先得了一位，已经付过钱，坐于窗前，颇怡然自得，人声扰攘的，我却偏安一角，唯独怕的是老人。常言道怕什么来什么，敢不巧上来一个老头，挤挤挨挨地正好到我面前，痛下决心，痛定思痛，把位子让给了他。常言又道，好人有好报哇，他从袋子里掏出一个西红柿递给我，实在没有这种经验，一时不知怎么办，想学大人推辞，可做不出来，就那么傻站了几秒。而后还是收下了，冲他笑笑，心里开花红艳艳。一天都是蜜的。可见大人说话也不全是假，助人或真有乐。但人有殊同，老人亦然，另一次我可着实遇见一蚕食老妖，那时我更小些，随姑姑一起到哪里去，又是被叫起来给一老人让座，我正头晕得厉害，姑姑和售票员争执，我瞥向窗外，不理，最后那老婆婆和我同挤一席，我很瘦，是没什么问题的。但不久就感到不对劲，我一步步被逼得就要掉下去了，再看那老婆婆闭着眼装作什么事情都没有。

　　后来一路长大，坐车的目的地从县城到省城，再到外地，城里的公共交通比乡下方便许多，但总没有亲切感。只道有一年过年回家，才一上车，便结结实实地被一股浓浓的乡音包围，那可真是亲切。虽然我与他们一个也不认识，但听着他们说话，便感觉是真到家了。

　　最后谈谈坐车的快活。这一点，我看在短途。一两个小时最好，城里乡下都行，只要有一个位子，静静坐着。若是长途，即使风景再好，也是疲惫。

　　而短途以城中到城郊最好。傍晚清晨最好，雨天也好，总之是
心情好，一好百好。在城里转悠的公交车，即使灯红酒绿好不光鲜，
但太吵，看多了会疲；而乡下风光则基本一成不变，当然有山有村
庄有农田，可终会乏。由城里开到城郊，则兼取其好，又有都市声，
又有自然景，岂不美哉？

　　傍晚之好在于可以由白天到黑夜，感受时间，风景也大不同，早
晨也是这个意思。雨天雪天都是因为不常，所以偶得之，亦可喜。
至于季节，就各有千秋。其中夏天最可说，如果是城里空调车，车
里车外冰火两重天，感受酷热的冰冷和窗外的热，也有刺激的冲击
感。乡下呢，则是绝无空调的，窗子全开，风灌进来也是热的，但
也不至于不耐烦，有一股昏昏欲睡的风和汗津津的味道。

你选择哪一条路都是对的

　　成长就是不断地面对问题，不断地走出固有领地，不断地接触陌生。可是对于一个胆小的人来说，问题等于麻烦，陌生就是危险。

　　没错，我是个胆小鬼。和陌生人说话是永远无法迈过的坎。小时候去商店买一支笔，在门口左右踌躇，终于走进店门却困难得无法开口。现在呢，早已长成大人，走在十字街头，还是硬凭着直觉左冲右撞而不肯向行人问路；职场聚会，坐在人群中间埋头吃饭，只愿默默祷告赶快结束。

　　可是，我又是个好奇心强的人。希望看到更多有趣的故事，更多美丽的风景，走过更多的路，甚至，结交更多牛人。又甚至，我还是个颇有表现欲的人，所以才会写字，因为有话要说，要让人知道这有70多亿人的星球上，有一个我。

　　这样矛盾纠结的状况拉开了一个奇怪的缺口，一个我可以平静对待陌生人并与之交流的途径：采访。

　　我想是因为这是一个短暂关系，本质上来说，是一种权力关系，不管对方是谁，发问者总是站在权力的高峰，这种安全感的保障让我的"恐人症"间歇缓解，只要进入一对一的采访进程，便可以自由呼吸、发问和聆听。我就像一根吸血的针管，从被访者的手臂上扎上一下，把血抽出来，贴好标签，化验，生成报告。我们都知道，我只扎这一针，所以有时候，面对一个我这样的陌生人，他们说的话比对一个相识者还要多。

见到鼓唐是在他的工作室。没有说几句话，海洋说去外面取景，就出去了，去海边。最近看《创造性的采访》，里面说到所有记者最关心的问题之一就是如何问出第一个问题，如何打开对话的窗口，让它自然地延续下去。这也是我的难题，从哪里开始呢？我看着窗外的街道和商店（我们在鼓唐的车上），没有想好。

有时候是很生硬的开始，比如"我们开始吧，第一个问题是……"幸运时可以越聊越顺，不幸时却怎么也无法进入状态了，因为错失了那个窗口。有时候在闲聊中进入，那就真的是幸运了。在车上是海洋挑起头来，我继续跟进，聊天的氛围逐渐出来，我松了一口气，做个聆听者。

鼓唐今年三十二岁，鼓唐打击乐艺术中心的创办者，主要工作是教小孩打鼓，当然他还是老板，不过"老板"这个属性在他身上并不凸显，他说自己有一个外号叫"疯子"，因为成天开开心心，"像一个长不大的孩子"。

那天阳光很好，我们在海边的草地上盘腿而坐，远方的海很浅，不蓝，有一股淡淡的鱼腥味。

原来，我们面前的这位老板，曾经是一个留着长头发的医生。1993年，他考入医专，学防疫医学，和所有关于成长的故事一样，他并不热爱这个专业，而是迷上了摇滚乐，这之后发生的事情有一个固定的模式，偷偷学习，被家里发现，产生冲突，然后裂变。鼓唐也没有冲出这个模式，即使后来在老家的那个下午，父亲用猎枪指着他，他也没有妥协。

刚毕业的那年，他当过短时间的医生，留着标准的摇滚长发出没在医院的解剖室。他自己说到这儿时哈哈大笑，确实太过荒诞了些。当年的小城圈住了一批年轻人，现在他们大多人到中年，也许幸福，也许平庸，但有一些逃了出来。他在迷笛的同学、现在的同事和朋友李健在去北京之前，是个警察。这和我前段时间听绿妖采访中生代作家的电台节目何其相似，阿乙也曾是个县郊警察，韩松落当过养路员，路内做过仓库保管员。不论如何，躁动不安的青春，终于还是逃出来了。

在北京的生活很辛苦，在周云蓬的《春天责备》里我已经知道了一些关于摇滚人的窘境，但鼓唐和李健的讲述，更加真实。早上起来水管冻住了，要用火去烧，热了，流动了，大喊一声，大家出来打水洗脸；没有钱吃饭，一块钱买五个馒头就是一天；两块五一包的烟，吸到了就是幸福。即使借钱也借不到的，因为朋友都是一样地穷。但也就是在那时，他们仍然学习，晚上组着乐队赶场演出，半夜没车拖着乐器一走十几里。

前年看过一个纪录片《待业青年》，里面采访了一些在北京的摇滚人，都说不好混，玩音乐的太多了，很多人转行，没转的大多贫困潦倒，混出名声的毕竟是少数。

鼓唐离开了。2003 年，他只身来到深圳，他形容刚来时的感觉，"人们行色匆匆，大家都戴着口罩，因为非典，感觉好陌生"。不是刻意着色艰难，但那一年他 21 岁，身上只有 600 块钱，租农民房里的一个床位花了 300 元，剩下的 300 元就是他当时所有的生活费用。

幸好，他很快找到了工作，他讲述这一段的时候轻描淡写，但我听起来却是那么不可思议，这就是勇者和胆小者的区别吧。因为曾经在学校修过爵士乐，自己也喜欢，便直接冲到深圳音乐电台向当时的总监办公室，申请开一个爵士乐节目，他成功了，"星期一申请的，星期四就开了"。那个节目叫《蓝调爵士乐》。

2008 年开始，他真正做起了鼓的教学，并且自己研究方法，怎么与小孩沟通，如何建立他们的自信，他喜欢这个工作，并全心全意地做它。他说："我首先是一个喜欢孩子的人，在教学过程中，我自己也在成长。你在跟他们沟通的时候会觉得很有意思，而不是不耐烦。对于鼓唐的老师来说，第一个培训重点是怎样去玩音乐，玩鼓，我觉得没有什么比一个快乐的童年更重要。"

实际上，面对镜头，很多人都会说这样的话。但是他说："我觉得摇滚乐和现代音乐最大的精神就是自由。但是这个自由不是说干其他的干扰别人的事情，而是说在自己的世界里，不受束缚，我喜欢一个东西，我就去表达它。我很热爱，我就用我的生命去做它。"这时候，你会知道，他是真的喜欢。

对于 30 岁，他留给了我最后一句话："我觉得 30 年来，我对自己的事情从未后悔过。如果是你能认定或者了解的事情，你凭你的了解去做，如果你不了解，那么凭你的感觉去做，你选择哪一条路都是对的。"

宠物店里的人生轨迹

我们去采访一家宠物诊所的老板。

地铁里和往常一样挤满了人。杨老带着他的鸭舌帽坐在座位上看手机，手指不停地刷屏幕，四金哥也是一样，当然不止他们，除了那些睡觉和聊天的，大家都在刷屏幕。我看了一会儿手机，然后从背包里掏出 kindle 来看，实际上这件传说中的看书神器还没有真正发挥作用，因为我实在很少有出门的机会，每天往返于固定的场所，哪里都有书，用不上它。

我在穿梭于地下的车厢里看简·奥斯汀小姐的《傲慢与偏见》，一本写于 200 年前的小说。如果你能够时不时从情节中抽身出来，看一看坐在婴儿推车里熟睡的小孩，或者旁边正在一心一意玩节奏大师的小伙儿，你就会发现你身处两个时空，这就是读小说的乐趣。

时间在小说中过得很快，在现实中也是，我们到站了。当我们走上电梯的时候，我继续盯着屏幕，我正看到达西给伊丽莎白写的那封信，向她解释他拆散伊丽莎白的姐姐和柯林斯是个误会，并且约翰的一面之词并不可信。第二天达西就要离开了，后面会发生什么呢？伊丽莎白和达西好上了吗？

　　宠物医院很好找，我们走过一排石锅鱼水煮鱼大排档，看见一栋三层建筑，底层是各种店面，在两间理发店的中间就是我们要找的那家宠物医院。店主是一个 27 岁的男人，我们看到他时他正在打电话，他刚刚为一只狗做完绝育手术。我们和他打了招呼，他看上去很忙，电话不断地涌进来。他的妻子招呼我们坐下，她正抱着 3 个月大的儿子在店里走来走去，我们在这里待了一天，这小家伙一次也没有哭。

　　我们今天的工作是采访这个宠物店的主人，杨老说，基调要欢快一点。趁着主人打电话的空当，我们在店里逡巡，笼子里分别待着两只小博美，一只拉布拉多，一只金毛，还有一只特别漂亮的我忘记了名字的狗，它看起来很瘦，但是好动，棕色的毛长长地覆盖着尾巴和耳朵以及肚子，在店门口的笼子里是一只巨大的阿拉斯加。

　　店主姓周，2008 年来到深圳，刚开始进入一家宠物诊所打杂，就像理发店的学徒需要先从洗头做起，然后染发，最后才可以执剪刀，周先生最初做的事不外乎帮狗洗澡、捡狗粪便、喂食、遛狗。虽然他是对口的专业毕业，但在这一行里，人人都需要从头开始。

　　周先生是勤奋的，他会自己去看医生给动物写的病历，看他们开什么药，遇到病症如何做，半年以后，他就可以独当一面了。

　　谈话进行到这里，我和杨老都以为这是个不错的励志故事，一个
年轻人努力奋斗，终于靠着勤奋拼搏而有所成就，开了自己的店面，
有一个美好的前景和未来，而且妻子还刚刚生下一个孩子。

　　不过，坐在对面的周先生一边抚摩着他的叫作"美猪"的小花
猫，一边打破我们对他美好生活的幻想。

　　一切都没有想象的那么糟，一切也都没有想象的那么好。

　　宠物医生听起来是个有爱心的工作，每天和动物们在一起，温馨
快乐。不过，周先生说，这一切都只是谋生的手段，他笑得有点无
奈，那两撇稀疏的小胡子也平添了几许疲惫的意味。

　　据他说，大学同班同学中最后干宠物医生这行的只有两三个，大
部分都去做了销售，卖药。其实，他刚来深圳的那一年也曾出现过
这样的想法，当时他在一家店里工作，工资只有 800 元，完全无法
养活自己。一年之后，他辞掉了工作，回了一趟老家，再回来时准
备换个行当试试，但是最终以合伙人的形式进入了这家宠物诊所。
他作为主治医生，合伙人出钱，这个局面当时看来还算不错。

　　但是，现在他说，如果有可能的话，他非常愿意转行。杨老看了
看我，他的欢快不可挽回地偏离了，我也没有办法，只好听周先生
继续讲下去。

首先是累，因为店小，不能请太多员工，很多事情都要亲力亲为，一般情况下，他每天要给10只狗洗澡，这可是个体力活。如果遇到半夜出诊，也不得不从床上爬起来。一年365天全年无休，他已经有三年没有回家过年了。

然后，他觉得无法得到尊重，很多人都认为宠物诊所是个暴利行业，对他们的专业性不予考虑，一只狗生了病，假使他要求做手术或开贵一些的药，主人便觉得他是在骗钱，而如果最后结果不好，他又要承担相当大的责任。他还说，他们是给猫狗看病的，有些主人觉得宠物医生不过是他们宠物的仆人，这让他很压抑。

最实际的，钱赚的也不多，近两年宠物店一家又一家地开起来，但是有诊治资格的却很少，准入门槛的降低使他们这种有专业能力的宠物诊所收益下降，而水电房租等成本却日益增加。

最后，我问他会不会在深圳定居，他无奈地摇了摇头。

我们并没有得到一个为狗猫快乐工作着充满正能量的宠物医生形象，最后呈现的反而是一个步入中年为生活焦虑，对工作失去兴趣的人。他没有说，他工作得很快乐，他很乐意和狗狗在一起，他也没有说，他就是因为乐趣才做的这件事，他从来没有动摇过。他抱怨他所做的职业不规范，诉说着陷入生活而无法改变的疲惫感。

正能量见得太多了，真碰上老老实实表达困境的人，感到特别亲切，我们谁不是处于这种挣扎的生活中？谁不是趣味了然但不得不投入工作以养活自己？谁不是一面对现实不满一面又无可奈何呢？

我们行走在平凡的生活中，想要去找到那些鼓励我们向上，那些发光的人物，他们积极向上勇往直前永不言败，他们被优待，被奉为宣传的对象。但是我总是对此充满怀疑，他们是被粉饰的。

我对这一天很满意，我见到一个和我一样挣扎着生活的人，我见到可爱的拉布拉多，忧伤的刚刚做完绝育手术的小白，骄傲的目不斜视的贵宾。只是，杨老恐怕要担心了，这样没正能量的人物，可怎么办呢？

回程，天已经黑了，我站在下班的人潮里继续穿越回 200 年前的英国，进入那些小姐和公子的傲慢与偏见。

第二章
城市游牧人

游牧人，逐水草而居；城市游牧人，逐工作地点而居。

蜗居没有海藻

我的日式蜗居

月末房子到期，房东严阵以待，我仓皇出逃，换到新居。房子老早就想换，然而生活中许多事情，不是到了万不得已，非此不可的时候，谁又愿意动呢？虽然整天抱怨太热，离工作的地方又远，可只要想到搬家这样一件事，以及背后的车马劳顿，即使并非真有多少家当要挪移，也觉得工程浩大，无心处理，只好再等等，接着一个月变两个月，两个月变三个月，直到房东已经将其租与别人，这才真正下定决心，另找一处栖身。

三个月前搬进这个地方，那时我还在学校做最后挣扎，易老师说要找工作，已租了房子，我正有此意，就蹭上了。是单间，在北京东路一家眼镜店的顶层阁楼，原先的一间大房用木板隔开，一分为二，我们占其中一间。门是横拉式的简易木板，涂着乳白色漆，颇有东洋风味。进门只有旋马之地，转不开身，便又把床给拆掉，直接打地铺，更像是日本人的住处了。

阁楼很热，易老师热爱科学，把所有空的饮料瓶装满水放在房间里，说能降温。还把瓶盖穿洞，像小时候一样把水洒在墙上、天花板上、席子上、被子上，似乎起到了一点可有可无的作用。搬家前，我把所有的瓶子倒空，拿去废品站，一毛钱一个，卖了五块钱。

房间虽小，但出门去，便是房顶，可以看作是一个大阳台，有老人每天上来浇水莳花，种类很多，甚至有小的柏树，还有辣椒和韭菜，有一口缸，里面溢满苔藓，看似绿色的水，清闲的晚上站在这里，吹风，看楼下车来车往，舒展舒展筋骨，甚妙。更有妙者，这里竟能搜到无线网，不过信号不强，只有到房顶才能连上，于是，每每要上网，就先得准备好小桌子，一块砖头做凳子，从窗户把插座牵出来，再架好从进学校的第一天就陪着我的电风扇，另外买一瓶可乐，或者一瓶罐头，网上生活就开始了。初来时，下雨，我甚至打着伞坐在那里看电影，兴奋中有宁静。

房东是一对夫妻，吉安人，楼下的眼镜店就是他们所开。夫妻俩住在三楼，其他房间各色人等很多，偶尔碰见，但从未打过招呼。只有我们隔壁的一间，先是住一个男的，后来搬来一考研女生，每天早上准时起来读英语，有时候一伙同学到她那里高谈阔论，惹得我兴起，可惜脸皮不够厚，桌子一搬，又出去上网了。

我和她认识吗？不认识，我不知道她的名字，她也不知道我的，只是偶尔搭上一两句话。最后搬走的时候，我拖着箱子下楼，碰见她回来正上楼，见我这样便问是不是搬家，我说是，她便又问，搬

到哪儿去，然而我一时想不起搬到哪儿去，脚步却并没有停，已经
走出老远，互相看不见了，末了还是仰着脖子回了一声哪里哪里，
算一个交代。其实，不过是对话的黏性，她并不在意我搬到哪儿去，
我也不在意她知道我搬到哪里去，但在那个情境里，好像不把这个
对话结束，就是不恰。答完了，推门上路，互为过客，便到此为止。

房东有两个小孩，一男一女。女孩大些，在上小学，男孩只有幼
儿园年纪。我们住进去没多久，他们便养了对兔子，一黑一白，关
在粉红色的小笼子里，后来由他们的爷爷在房顶上辟了一块地方，
找一个大的空纸箱，兔子养在里面。每天两个小家伙放学，手里扯
一把青菜，就噔噔地上楼来喂兔子，你近距离看，兔子的三瓣嘴很
是恐怖，吃起东西来速度奇快。它们的眼睛，也并不都是红色，黑
色那只就是黑眼睛，一身黑，非但不可爱，而且有凶相，不过最后
也只有它活了下来，白的那只，不知哪一天死了。

时间拉长，孩子们的兴趣不如以前那样足了，那黑兔子就又回到
了粉红色的小笼子里，身体长大一倍，笼子却没有。直到我走，它
依然躲在楼梯拐弯处的鞋盒里面。一生很快就会完的吧。

我的短暂蜗居旅行

回忆我的蜗居，还要从 2008 年的那场大雪之后说起。

高中，成绩差，每天昏昏沉沉躲在教室最后一排打瞌睡，看不到

未来，只见老师发福的肚子，还有窗外梧桐树叶，迷迷蒙蒙间，一觉又一觉，不知是何年。有时突然惊醒，发觉如此下去非是死路不可，要发奋，却终于不到一个星期就败下阵来，继续昏睡，这样往复循环，很无力。

2007 年年底，救星来了。我仍记得名字是叫大华，至于大华后面是什么什么就记不清，总之是一个艺术培训机构，教美术，也教播音编导什么的。那时学校里有不少学画画的同学，上课、晚自习都可以免，成天晃荡来晃荡去，一口袋铅笔橡皮，自由自在。有多少是真喜欢甚至热爱此道？有，但很少。我所知道的，不过是和我一样落在成绩底层，无出路，便从别处寻得一条路径。事实证明，这还可能是一条不错的路。至少对于上大学来说，是不错的。但我们县，教播音主持，却是没有。

所以等那年大华一来，我便立刻报了名，一来实在不知如何度过高三，二来我曾一度真有点喜欢这个活计。然后，我便也名正言顺像那些口袋装铅笔橡皮的同学一样可以不准时出现在教室，如同幽灵一样晃荡在小县城里，青天白日躲在宿舍睡觉。然后，艺考开始。先去南昌，待在师大对面的小旅馆数十天。然后，去长沙，十三天，住在湖南大学附近的堕落街某看碟房。这可以算是蜗居的开端。

那房子很小，只一张床，一个电视机，一个DVD。便宜，一天25块，是给附近大学生周末消遣用的，像我们这样当作旅馆住下来的，很少。

那些天除了仅有的两场考试，所有日子全部献给了斗地主、闲逛和吃。那是闲适而混沌的日子，随意地打发着所谓无处安放的青春。没有什么可焦虑，即使高考在即；没有什么可担忧，即使前途未卜，像是半空中的浮尘，不上不下，风起则动，风止便息，百无用处，却有着最大的可能性。

所有的狭小空间居住造成的不适都不存在，没有觉得焦躁，没有想要暴走，也不会觉得天日昏暗，因为本身就是昏天暗日。那就索性做一乱鬼，游荡、聚散、游荡。我们打乱真身，魂飞魄散，嬉笑着打牌，吃铁板鱿鱼，吃酒酿豆腐，吃烧仙草，忘了日夜、天地和时间。

一篇草稿，字迹潦落，却在无知中拉起大幕，生活就要降临。

我的第一次实习蜗居

二〇一〇年寒假，大二，到一家报社实习。学校离市区远，住处必须另行解决。初来乍到，完全乱了阵脚，找到一个小旅馆的底层，虽然有股阴魂不散的潮湿气味，然而我当时气盛心切，没有另行比较就交了租金。当天晚上，周金及他的朋友来看我，没一分钟，提着箱子把我赶了出来，他们认为环境太坏，住久了会生病，结果一晚没过，白白赔了违约金。

周金和他的朋友，此前我并不认识。放假前我曾向老师求助，他给了我一个号码，再由这个号码辗转找到了周金，他比我高一届，也只是在报社实习而已，但也多亏了他，否则出师就很不利了。

当晚出了那黑压压的小旅社，便去他们的住处。是南昌很常见的老房子，七楼，没有电梯，简陋的家具，两室一厅。一间房住着小夫妻一对，另外一间，便是他们。

第二天我与周金去找房子，因他这位朋友马上就要走，所以他也搬出来。找到房子后，也就没有见过他的这位朋友了，一个月的寒假实习很快结束，和周金也渐渐没有了联系。

我们找的那房子同样也是老楼，也是七层，也没有电梯，不同之处在于这间房子的房东和我们住在一起。而且除我们之外，另外还有一个女生在另一间房，而他家只是两室一厅而已，既然两间卧室都租出去，他们一家三口便把床搬到那小客厅里，同我们一样蜗居着。

另一个女生是化妆师，在步行街某化妆店里打工，经常见面，但也没什么可说的话，与电影里面的合租，完全不是一个概念，陌生，就是陌生。虽然如此，也知道她是江西人，打算去深圳或是广州，过完年后，我回去看周金顺便拿东西，她便真的已经走了。

她可以走，我们也可以，但唯独房东一家无处可去，只能继续挤在客厅中间，毫无私密可言，这样的生活，似乎看不见尽头。房东三十多岁，在某大楼做保安，有时候上夜班，便整晚不回来，白天补觉。房东太太剪着短发，染得鲜红，在不远处的超市里做收银员，晚上9点钟下班。他们有一个女儿，读小学，写作业没有自己的桌子，像我小时候一样，本子放在凳子上，坐在更低的凳子上写。

蜗居的周围或许都有一个你

五月份，再次出来实习。

住的是师大附近的老式民房一楼，本来一室一厅被房东拆掉阳台在对面又盖一间，两门相对，中间形成个迷你小院，铁门锁着。房子很干净，干净得什么都没有，新粉刷的白墙围住的，不过是一桌一椅一床，一个日光灯趴在头顶，老门旧窗。另一边同样是一桌一椅一床，简易餐桌一张，凳子两把，厨房亦是空空，厕所最简陋，小并且没有地砖。

当时的实习工作，非常累，一是活儿多，永远没完；二则非常不适应上班这一件事。煎熬了一个月便立马走人，室友们都回了学校，我继续留在这房子里，天天去图书馆。

紧接着暑假，本来想留在南昌工作，甚至真的去某销售公司培训了三天，终究还是走了，和同学一起龟缩在师大南路的角落里，天天黑白颠倒，看书，玩"植物大战僵尸"。

这一带是所谓的城中村，两三层的小楼三面而起，围成院子，铁门一锁，一户人家。我们便在其中一户中的某一间租住。房东是个老头儿，成天穿条蓝色大短裤，上身赤裸，老人斑从身上长到脸上，手上着一蒲扇，带一个草帽，耳朵不太好使，和他说话，要很大声才听得到。每天早上准时出门遛弯，只有他一个人。唯一一次看见他的家人，是一天晚上他与儿媳妇在院里吵架。

这里是老人的世界，却又不是他们的世界。

残酷地说，我每天出门路过的一个小棚户房里，那里面住着一个瘦得可怕的老人。

一间不及十平方米的小屋，西墙外面吊着一床被，大概是怕夕晒，静静地吊着，白底绿面，很惹眼。每天从这里过，都会看见她，坐在小屋里的老人，永远那么坐着。她穿红色碎花衣裤，要么是黄色碎花，只有这两件，软软地贴在身上，身子软软地靠着椅子，头发白而且蓬松，有时会有点翘，瘦得没有肉，两只手紧紧捏着，一只吊在椅子上，一只放在腿面，有时候拿着纸糊团扇，皱纹深且密，爬过脸、脖颈、手臂、腿、脚，爬过皮肤的每一寸，甚至乳房。

那是下午，五点多，一位年纪轻些的老人帮她洗澡，就在门口遮阴下，还是那椅子，她坐在上面，裸着上身，显得更小了，像一只雏鸟，皱巴巴的，紧缩着，乳房也是布满皱纹，像两个布袋子挂在那儿，我不敢看，只听见水从她身上流下去，流到地上，渗进泥里，她是否也想和着水一起渗进去，渗进泥里？我不知道。

我一次次见她，和她那混浊泛绿色的眼对视，离开，不敢看，却又要看，要看一看生命真会枯萎到这个样子，这样的地步？我不知道她看我时的心情，她从来不动声色，目定唇合地坐着，对着门，背景是堆满房间的杂物，从早坐到晚，她一定知道每天经过的有哪些人，哪些有孩子，哪些是恋人，可是，她从来不起来，不出来（除了洗澡），也鲜有人和她说话，一天连着一天，便这么坐着。

有一个可怕的设想，如果你的一生是这样：年轻时蜗居在出租房里，叫嚣着理想、未来，像我们，像周金的那个朋友，那个考研的女孩；中年一家挤在狭小的廉租房，一半的空间租出去贴补家用，像曾经讲过的那个三口之家；老年时沦落在城中村。

谁又能肯定这一切不会发生在你的身上呢？

至于我，还要再搬着我的壳辗转多久，才可能不必缩作一团，有私密空间，有一个干净的厨房，一张书桌，一张大而软实的床？

不知道，大幕才刚刚拉开。

邻居

我在这个城市里拥有一份收入微薄的工作，一间仅供生存的房间，两个朋友和四个邻居。

邻居是房子的附赠品，就像你买一包小当家方便面会得到一张游戏卡片，你租或者买一户房子就会得到一两个或者更多的邻居。如果你不喜欢卡片，可以把它丢掉，但如果你不喜欢邻居，只能自个儿生气。

曾经，邻居是"制度"，作为一种医疗、养老及道德的保障。现在，邻居长在城市的门缝之间，成为互相关门时的一抹绝响。

我试着描述一下我的邻居：

A. 男，中年，送报纸，婚姻状况不明。

B. 男，中年，开服装店，婚姻状况不明。

C. 男，准中年，住我隔壁，公司技术人员，已婚，有两个孩子。

D. 女，老年，住我对门，和儿子儿媳妇住一起，但大多时候只有她一个人。

以上信息全部来自 D 奶奶。她仍然有着遥远过去的作为一个本分邻居的热情和责任，将我们所有人的情况摸得一清二楚。昨天，我坐在藤椅上翻书的时候，她走过来和我说话，告诉我据她观察，住在那间屋子里的人婚姻状况都会出现问题，上一任住户就是在那间房子里离的婚，现在 B 的情感状况果然出现危机。她说，等 C 搬走了，我可以搬到 C 的房子里去，那间大一些。C 没有读过大学，但是人很聪明，曾经有一回他们公司在江西的机器出了问题，派人去修，去了好几个人都没有修好，最后 C 去才把问题解决。她对 C 的能力非常欣赏，C 来这里不过才几年，现在买了房子和车，虽然房子很小，但毕竟是房子。

当然，所有信息都不是单向的，她在叙述事情的时候也会问我问题，问我老家在哪儿，有几口人，父母是做什么的，现在做什么工作，工资多少，有没有女朋友，她把我从里到外问了个遍。这也不是一次完成，每一次的交谈，她都会多问几个问题，我想，我在她那里的资料库已经可称丰富。在和其他人交谈时，她肯定也会说起我，把我告诉她的那些信息和她自己的观察判断融合到一起，然后换取更多的信息。我的外婆也是这么和邻居打交道的，她端着饭碗蹲在村口大樟树下吃饭，在去菜田的路上把迎面过来的人拉到一边叽咕几句，在夏夜的凉床上一边扇蚊子一边聊天。他们每一个人都对村里其他人了如指掌，不论是家庭成员，还是婚姻问题，谁家的孙子考上了研究生，谁的媳妇其实不能生育，哪一家的女婿在外面搞外遇，他们知道所有在这片土地上存在的人和他们之间的关系，这是必需，也是神迹。

现在，D 奶奶把这种能力带到了城市的楼顶，难免会有一点水土不服。我很喜欢听我外婆讲那些邻居的故事，但是不喜欢 D 奶奶过分干预我的生活。城市生活注定是孤独的。D 奶奶不知这一点，或者明知如此，还是要做，一来是习惯，二来实在无人聊天。两个毫不相干的人住在一个楼洞，如果能够聊点什么，那么也就只剩下其他几扇铁门后面的故事了。

下午我坐在藤椅上，听 D 奶奶讲邻居的故事时，想起了我的一次冒昧造访。那时我小学还没毕业，暑假住在爷爷家，我和弟弟无所事事，在某个下午按响了几十步之外的一个门铃。门打开了，一个老爷爷把我们迎了进去，给我们准备糕点，带我们拉二胡，还教我们下棋，他的老伴模模糊糊地站在身后，默不作声。两个顽皮的小孩在一个陌生的房间里玩了一个下午，后来，爷爷死了，我们再也没有按过那个门铃，虽然我很想，但是再也没有，那一个下午种在记忆的弱土上，长出了一根竹子，变成了他挂在墙上的一支箫。

后来，我离开了那个镇，据说，那个房子已经荒废，那个爷爷也去世了。

　　我想，如果不是我们，任何一个人，他都会盛情款待，那是他向这个世界告别的某种仪式，是一个孤独的灵魂对所有人保持的最大善意。D奶奶比他忙碌，仍然还在营造一个都市邻居圈，这也许是一个好的局面。很多年后，邻居在一幢幢高楼大厦间消失。我们顽强独立，自生自灭。

　　写完上面这些字，出门，又看见对面楼顶住着的那只黑狗。鲁滨孙面对荒岛，它面对城市。我想他们都很孤独。

搬家未成记

没有我不肯坐的火车

也不管它往哪儿开

——曾卓

TTT 说，租来的房子也是家。所以挪窝就是搬家。

"搬家"是个让人略微伤感的词，低头一数，是不是很多少时玩伴，好端端的只是因为搬家而再无联络，从你的生命里走失。搬家意味着离开，离开你的房子，房子所驻扎的土地、土地上的人，以及人和人之间的关系。

小时候搬家你无从做主，长大成为一个城市游牧人，去哪片区域，全看你自己。放牧者逐水草而居，城市游牧者逐工作地点而居，换一次工作，搬一次家。因为工作常常换，所以家也常常搬。一住几十年是不可能的，一来房子不是你的，二来你是要走的，你肯定是要走的。你知道你是要走的，所以并不真的把租来的房子当作家，你白天去上班，晚上回来睡觉，这里没有会客和晚宴，这里也不会有邻居串门，不会有贵重家具，你不会有把它发展成为家的愿望，因为你什么也没有。

都市化的时代里，我们都是开拓疆场的骑士，或者蚂蚁。我们从远方来，来到这片不属于自己的土地，强行介入，找一个山洞住进去，找一块地皮开荒种地，收获粮食，再向远处进发，不断前进，无处可停。蚁巢溃败，老旧；新城热闹、繁华，做一个骑士或者蚂蚁，就是你今生宿命。

扯远了，蚂蚁要搬家了。

一年了，应该搬。现在住的房子不大，环境也不是很好。而且是一早就打定的主意，等合约期满，一定搬家。但是，最后没有搬成。前天晚上去找房，公交车两站路的另一聚落，按门口小广告打电话，上楼看房，敲定，给定金，约定后天搬来。一切顺利，板上钉钉，就这么成了。可就在我一出门，看见那个路口的一瞬间，就后悔了。这个地方是哪里？怎么是个三岔路口？怎么这么多车这么多店？怎么没有超市？怎么没有绿树？怎么没有一个我熟悉的店面？

顿时悲伤。我开始回想我的住所，它所有的好处，比如它靠近地铁站，比如它附近有莲花山，比如它附近有图书馆，比如它只有一条路，不会有无数的车和喇叭，不会有太多人，比如它有一个大大的楼顶阳台，周末可以坐在藤椅上看书，比如它附近就是小津，走路去上班只要十分钟……

再想搬家的好处。我会换一个新环境，生活会有新变化，我以后上班要坐车，我去图书馆要坐车，我不能去莲花山跑步，我没有了爱打听的邻居奶奶和她种的花花草草，而且我要把六七十本书打包带走，要翻天倒地地下楼上楼……

败给了习惯，我决定不搬了。

其实，我一直自认为决绝，无情无耻，可以甩手就走，并且永不回头。结果，连搬家的勇气都没有。早上看到一篇文章，作者说"这一切都令我感到恐慌，我发现迁徙对我而言不再轻而易举。我已经不能像游牧民族那样，随时收起帐篷，逐水草而居。我的生存优势被大大削弱了"。

割舍变得难。时间掺和进任何事情里，都会变得黏稠。几年前在南昌，换了几个地方，搬起家来不过是两个箱子，拖着就走。现在环顾四周，我的一本本书，木凳，方桌，墙上的照片，虽然还是热衷于把不用的东西丢掉，但丢弃的速度远远赶不上买入的速度，于是狭小空间越来越挤，越来越使我感到安全。怪不得佛家教人一身清净，因物质牵制精神。而木心又说要决绝，因人和人的关系，是牵挂，也是羁绊。

虽然没有我不肯坐的火车，但我暂时走不动了。我住进这片泥土，愿它发芽，静等开花结果。

睡眠是对抗世界的一种方式

一

睡太长时间，会在醒来时产生两种状态：自责和坦然。大多时候，我会沉浸在自责氛围里，直到食物进入身体，把我从晦暗的梦境拖向人间。另一些时候，睡过白天，错过了一个完整的日子，浑身酸痛地醒来之后，对于世界和自己都不再有意见。沉睡的疲惫掩盖了面对时间消逝的羞愧，最后成了坦然。

有时候，睡觉是对抗世界的方式。

我的舅舅曾经是整个家族里最能睡觉的人，当我外婆推着自行车从集市返回，他依然睡在那张破了皮的老旧沙发上，用被子蒙住头。纱门打开，外婆告诉舅舅有哪一家的姑娘可以和他约会，而舅舅用灰色的被子挡住了一切。外婆的声音无可奈何地在房间里流窜，最终落入虚无。有时候外婆生气用手去拽他的被子，有时候她沉默下来，静静地走向厨房。而我的舅舅保持了他的睡眠，或许还有一些尊严。

后来，舅舅结婚生子，离弃了睡眠，而我迎接了它，成为家族里最懒的那个人。

并不是一觉到底。是反复醒来，反复睡着。第一次醒来，可能是早晨，继续睡吧，时间还早，第二次醒来时已经快到中午，屈服于睡意和疲倦，等到第三次睁开眼睛，看见房间里所有我熟知的一切，却没有办法爬起来，我被什么东西攫住了，那是睡眠带来的副作用，只有用更多的睡眠来抵消它。等我真正坐起来，飘浮在白天的夜晚里，渐渐沉淀，最终汇聚成为一个生命体，记起昨天和前天，想起一个一个的脸，魂魄归位。这样，才可以刷牙洗脸。

睡了很久醒来，不会感到饿或者渴，你像一截儿晒在夏天中午的橡皮管，外表起粉末，颜色褪淡，你拿自己没有办法，唯有盼望一场大雨。

如果一个昏睡了三十年的人突然醒来，他还能认识这个世界吗？我们总在电视里看到这种奇迹，植物人几十年后死而复生，皆大欢喜。但是一些报道都遗漏了当事人的感觉，对于他来说，三十年的昏睡意味着什么？时间从他的导管里一刻不停地流走，儿子已经长得和他睡着时一样高大，妻子成了陌生的大妈，那个扎着辫子的小孩在叫自己爷爷。这可以写成一个小说，最后他成为这个世界的魔怔。

睡眠是对抗世界的一种方式，每一次起床都带着微弱的绝望。

二

我醒来的时候，不知道是几点，床把我抓住了。我睡了又醒，醒了又睡，终于爬起来的时候，已经是下午三点，这一天过去了一大半，然后我就陷入一种空洞的自责氛围里，我很生气，我觉得我辜负了这一天，我拧着眉头坐在床沿上，时间一下子离我好远，我飘在巨大的灰色的棉花絮子上，摇摇晃晃的也不知道去哪儿，没有说第一句话，没有洗脸刷牙，没有吃任何食物，有一半还在梦中，思绪跳跃得厉害，但终究被那灰色的调子笼罩，飞不起来。每次起床都很难过，有一种悲哀，也许是为昨天死去的那个自己感到伤心，我也不知道这情绪是哪儿来的。

我终于清洗完自己，又必须面对一个新的问题，要不要下去吃饭呢？已经很饿了，但我决定原地不动，洗衣服。这是一个尴尬的时间，我愿意等等，等到吃晚饭的时间，这里面的原因是如果现在去吃饭，接下来不知道干什么，我还要爬上来，然后再下去吃晚饭。饿的时候，头有点晕，虚弱，不能看书，我洗衣服。我把衣服全部拧干晾好，然后等时间从我身体里流过去，这样的日子很晦暗，有点像坐牢，我不知道坐牢的时候是不是这样的感觉，时间无止无尽，做什么都是徒劳。

如果你不说话，你就不和别人发生关系，你就不和世界发生关系，你就还没有醒过来。我回到地面，人来人往，有大人，有小孩，有商贩，他们都很精神，连乞讨的老人也很精神，只有我迷迷糊糊地去找那家我经常吃饭的地方。我还是没有说话，我用手指着菜单，他就走了，然后端来我要的食物，等我吃完，我走到柜台那里，拿了一张餐巾纸，把钱给他，他把找回的钱递给我，然后我就走了，没有说一句话。

我想等天黑，于是我躲到图书馆里去。我在书架前踱来踱去，希望把它们全部看完，这种想法贪得无厌，于是我挑一本书坐了下来，我沉浸到一本书里，以此忘掉所有的书，这是一本伊朗人写的书，写他在伊朗读书，读《洛丽塔》。书，一本一本都是城墙，最后你坐在中间，死在里面。图书馆里幽灵乱窜，气氛诡异，我出来的时候天都黑了。

我和自己说话，和书里的人说话，没有和一个活着的人说话，也许我哑了。如果我是哑的，世界会是灰的吗？如果我是盲的，大地还有颜色吗？我走在大树掩埋的路上，想着这些问题。然后，有一些人在我旁边说话，他们讨论价钱，谈情说爱，追述一次旅行，计划一场谋杀。我从他们中间走过，轻盈地拖过一条灰色的痕迹，那是生命消逝的痕迹。

我想要找一个人说话，证明我不在梦中。我走进超市，冷气把我吹了出来，我去找那些奔跑的小孩，他们用手里的玩具打我，我去找那个乞讨的老人，他跪在那里，像个雕塑。世界在隐退，我逃回屋子，写下这些字句，告诉你。这就是我要说的话，我回到床上，回到梦中，不再说话。

我不喜欢夏天，尤其是现在

我不喜欢夏天，尤其是现在。

夏天是属于孩子的，但是我已经长大了。我现在喜欢冬天，似乎我一直喜欢冬天，其实不是的。我曾经是夏天的"国王"，但那个国家越来越小，最终消失不见，于是我只好成了冬天的臣民。我是个安分的臣民，如果有一天我将找回夏天的王座，那一定是我死去之后的事情，在此之前，我只能缅怀，一面缅怀，一面厌恶。

回想我的王国，那里有闪烁晶莹光辉令人醉目的成片稻浪，长满松树、杉树、樟树、梧桐、山楂和苦栗树的山脉，在山的脚跟，是一片连着一片的菜园，里面结满了梨子桃子李子葡萄，豇豆黄瓜苦瓜瓠子。在菜园的不远处，有一条小河从遥远的我们从未去过的山谷流淌而来，而一排、两排低矮的平房，就在河流不远处站稳了脚跟，它们有好看的青色瓦片覆盖穹顶，木质结构的骨架外面是红色砖墙，有一些人家会刷上白石灰，一些则不，他们认为在砖窑里烧出来的红色砖块本身已经很漂亮，用不着再去多加修饰。

在房子的后面，会有一些小路，它们引导你走向河流，或者菜地，或者别人家的后门，小路的两旁是分不清名字的小草和野花，有蛇潜伏其中，等待可以饱餐一顿的食物，也有很多蚊蝇嗡嗡的聚集在一起，你不知道它们怎么活下来，又什么时候死去，好像他们永远活着，除非夏天过去，而在时间没有把夏天送走之前，一切都这么存在着，对了，还有竹子，它们成百上千地垂直挺立，将房屋笼罩在叶片的阴影之下，也有别的树，比较多的是樟树，那些老树干在人们聚集谈话的空地上伸展开来，为闲聊提供了天然的场所。

有一条来自外面世界的马路，那是还没有柏油覆盖在它身上的马路，石头和沙子会在汽车飞驰而过时随风扬起，三分钟后才会因为重力而重新回到地面。有很多成年男人与女人乘着汽车沿着这条路扬尘而去，没有孩子想要逃跑，因为还没有足够的信息告诉他们，原来这条路的尽头，还有无数无数条路和无数无数个尽头，他们和我一样喜欢夏天，喜欢我的"王国"。

在这个"王国"里，有一群老人，他们在菜地里挥舞锄头，在厨房里挥舞锅铲，他们是我们的爷爷奶奶外公外婆，我们知道他们肩负了养育我们的责任，也知道储藏在杂物间里的棺材迟早要将他们带走，带到我们学校后面的八宝山上去，那里已经有很多很多的坟墓，我们甚至知道死亡这回事情。曾经有一位女同学的爸爸喝醉酒摔在了水沟里，第二天大家发现他时已经死了，后来，那位女同学转学去了别的地方。我再也没有见过她，也不记得她的名字，但我记得她右手手臂上用别针别着的黑色布块，那块布就代表了死亡。

　　我们常在死亡的建筑里玩耍，那一个又一个高耸的坟头底下睡着很久以前和我们一样活着的人，我们成群地叽叽喳喳地在森林间奔跑，在墓碑前蹲下，玩躲猫猫的游戏，有时候我们也会试着辨认墓碑上的名字和日期，有一些人活了很久，而有一些人还是孩子时就死了，我不记得那时候我在晚上有没有做梦，梦见死亡之后的世界，但我一定思考过这样严肃的问题，等我的外公外婆死去之后，我和弟弟要去哪里？他们不会很快离开我，所以这个问题很快就不再占据我的脑袋，我一心想的是小卖店冰箱里的冰棒，去河里面游泳，我每天想的就是这两个问题。

　　小莫是一个瘸子，从小就是，他的爸爸为他开了一个小店，卖酱油、盐、醋还有油，当然还有小孩子爱吃的零食，一些辣条、果冻和别的东西，他还有一个冰箱，白雪牌的冰箱，有一床被子盖在冰箱上，有人要买冰棒时，小莫会一瘸一拐地走向冰柜，把被子掀开，打开第一重门，再拉开第二重玻璃门，寒冷的气体在热浪滚滚的夏天里冒出了烟。我不会偏爱哪一种冰棒，绿豆的两毛钱一根也可以，但我更希望吃有巧克力包裹的冰棒，里面还有奶油，但是我不喜欢外面粘着瓜子粒的，它会让我想起人们嗑瓜子时唾沫横飞的样子，谁知道那些瓜子是经过谁的嘴巴磕出来的？

　　虽然我贵为"国王"，但可供指挥的将领只有几个比我还小的萝卜头，我的弟弟和邻居家的小孩，他们也没有钱，钱都掌握在那些老人家手里，有时候我会问他们要，他们会给我一块钱或者五毛钱，但是很快钱就用完了，再问他们要时，他们就不给了。他们不希望我们变成馋嘴猫，他们说吃零食是要节制的，也许这是一种道理，但是我敢打赌在所有孩子们的心里，这都是谬论，纯粹的谬论。

为了弄到钱，我们会收集废品，玻璃瓶子卖不掉，只有啤酒瓶可以，但是这里没有什么人喝啤酒，所以我们只能收集塑料瓶，还有废纸，老人们都不看书，废纸也很少，我们只能把以前的课本和作业本卖掉，有时候塑料凉鞋也可以卖。一整个夏天，我们认真地逡巡着这个"王国"的每个角落，但是可供收集的垃圾太少了，那时候人们都喝井里的凉水，没有人喝饮料。

按照老人们的规定，我们只能在下午五点钟到七点钟之间去河里游泳，并且他们会和我们一起去，在河边洗衣服，看着我们不要往深水区里跑。他们在河边聊天，我们在河里游泳。其实我不会游泳，一直都不会，没有人教我，我也没有自学成功，我只是在水里泡着，试图躺在水面上看天上的云，有时候可以漂很久，我都要睡着了，有时候会沉下去，我的喉咙、耳朵和眼睛里都是水，我站起来吐掉他们，继续做一片树叶，漂在水面上。

我们会玩打水仗和一种抢石头的游戏。在水底抱上一块大石头，它们往往身上还有青苔，没有关系，我们围成一圈，等待抱着石头的人把它抛起来，然后有人就潜到水下去找它，把它夺回来，浮出水面。抢到石头的人继续把它抛回水里，有人继续潜下去，这个游戏可以玩很久，直到老人们在河边叫我们回家吃饭，这个时候太阳就快落山了，夏天的傍晚特别美，温度开始下降，凉风徐徐地吹过院子，我们都饿了。

回到现实吧，那个国王已经不存在了，夏天已经改变了对待我们的样貌，似乎我们的身体也发生了变化，不只是长高长大，而是对于炎热的抵抗力大大地下降了。从前，我们可以在夏天的中午奔跑过西瓜田，现在，我们只能待在空调房里，如果没有空调，一切都将不可忍受，你知道变化从什么时候发生的吗？我是记不清了。好像，一觉醒来，我就开始厌恶夏天。

夏天让我满身是汗，这不是我讨厌夏天的理由，流汗是一件颇为畅快的事情。夏天让世界充满烤焦的煳味，软绵绵的像要化掉。似乎从前也是这样，只是那时候我们不在乎。是什么让夏天变得讨厌？这真是个难题。答案太大或者说太多了，没有一个句子或一个词语能够回答，因为这个问题的另一种表述就是：我们是怎样变成了现在的我们？我们是怎样丢失了过去的自己？我们是怎样变得被驯服并且无聊？

发生的一切可以写成一两本厚厚的书，每个人都有不同的答案和故事，一切都芜杂无绪，是知识加重了我们的脑袋？是物质占领了我们的心房？是责任挤压了我们的天真？是压力扯垮了我们的冒险欲？身体越来越重，我们与这个世界的线索越来越多，千万条蛛丝缠绕着我们，"童年一去不返"，夏天面目可憎。

　　不会的，我不会劝说你保有一颗童心，好在这个水泥森林里获得
夏天的快乐，因为，这是不负责任的。你会被烤焦，被碳化，真的，
我们还是找一个带空调的房间，坐下来点一杯果汁或咖啡，然后打
开手机吧。

这样一个空荡荡的下午

　　不知道你是否有这样的经验，双手，每一只手指的骨头都酸涩乏力，似乎骨头被腌过了。从手指往上至小臂，酸胀感长年不去，是风湿？不知道，就像面对这样一个没有名目的下午，没有名目的病症只是默默发作，悄悄袭击，你找不到理由严正对待，只能由它去。

　　这还只是手，最困难的是眼睛。我时常常去药店买滴眼液，滴了一两次，就忘掉了，一两个月后，重新去买一支。都说是疲惫，每天每天地看着屏幕，眼睛累了。除了滴眼液，也不知道还有什么方法可以缓解，我猜想医生可能会说，多多休息。这和没说没有两样。

　　在我的经验里，滴眼液没用。疼痛这样来，这样去，谁也管不了。这痛是潜伏着的，一阵一阵，躲在眼睛深处，从眉骨一直连到太阳穴，酸胀，沸腾，像一只泉眼要干涸了。它驱使你闭上眼睛，可是闭上眼睛也不行，甚至，你还会感到咬肌神经与眼部的牵连，整个下巴也变重了。

　　眼睛之后是整个脑袋，它就像一个球里面装了一个更小的球，摇起头来，可以听见丁零哐当的声响。最要命的是脖颈，大概是昨天睡觉枕头太高，或是因为前天去拔了罐，整个颈部僵硬酸痛，好像一不小心就会折断。其余的当然也是长年累积，那条脊椎周围总是发胀，不知道怎么办。

前天晚上，我趴在按摩床上，头伸进那个窟窿里去，闭着眼，听见按摩师说我的背是弯的，要经常理疗。其实哪有那么严重，不过是青春期时成天缩着脖子走路，有点驼，大概已经成了型，改不了了。她开始向我推销其他服务，深圳的天气太潮湿，拔个火罐或刮个痧对你身体有好处，你看，他还没有使力，已经出痧了。

我依然趴在那张窄小的床上，决定给自己第一次拔罐的机会，并且同时想起骆以军在一个多月前的讲座上，提到他收集故事的来源，出租车，按摩房，因为常年写作，他的脊背也很糟糕，时不时要去按摩。在那样封闭的空间里，你的身体像物品一样被操作和处理，按摩的姑娘也许是排解无聊，也许是缓解尴尬，总是会和盘托出一整个从头至尾的身世故事。

其实，话头是从她那里开始的。我想，这可能是一项义务，或者是为了帮助我放松。

"你是哪里人？"她问。

"江西。"我的头埋在窟窿里发出闷闷的声音。

"噢，老乡。我们店里有很多江西人。"

"你也是江西的？"

"我是潮汕的。"

就这样古怪地开始了有一搭没一搭的聊天，她讲述了她的家庭背景：一个姐姐正准备去湖南上大学，一个弟弟过完暑假正好读高中，还有更小的一个弟弟，在家里和妈妈一起生活。"你知道的，潮汕人，总是要生儿子。"她说。

她16岁来深圳，至今四年，早上10点钟上班，晚上12点下班，周末有一天假，但她总是宅在宿舍里睡觉，下午起床吃个饭，晃晃荡荡一天就过去了。她很喜欢深圳，她说："我告诉你噢，我在很小的时候就想要来深圳，也不知道是为什么，后来我真的来了。我不喜欢广州，我就是喜欢深圳。"

她说，她四年没有交男朋友了，算命的说她最好找一个1991年的。男的比女生大一点比较好，她解释道，她是1994年的。

她说话很认真，喜欢加上"我告诉你噢"的口头禅，但她同时也很老练，本来我只是来剪个发而已，结果被忽悠进内间，按摩休息一下，然后她开始聊天，然后就水到渠成地给我推荐了拔罐，嗯哼，每一个理发店都适合思考人生，每一个理发店都布满"陷阱"。

　　我非常不喜欢那些推销员的笑脸，每一个弯起的嘴角，都是在为把你往更多的服务费里推，他们滔滔不绝，一切都是为了你好，并且你的头掌握在他的手里，主动权似乎已经转移。可是，如果你站在他的位置，选择的可能并不多。推销，才有提成，安静地完成作业，就是停滞不前，我们每一个人都被目标绑架，无一例外。昨天听见商场里导购和另一人说，今天目标是 9000 元，没有别的话了，也不知道是沮丧，还是提醒，没有表情。

　　如今我的表弟远在浙江某理发店里做学徒，他生于 1995 年，17岁。他读初中的时候跟我说，将来开一个养鸡场也不错，一定要开奔驰。在他很小，我还读小学的时候，他成天跟在我身后，可是我们都在不知不觉中长大了，我离开了外婆居住的小村庄，接着他也离开了，我们都走上各自的道路，变得陌生。

　　过年回家，他给外婆洗头，给他爸妈洗头，他的手已经有老茧，每天要洗十几个头。他忙起来没有时间打"英雄联盟"，有时候半夜在网吧，会给我发个窗口，"还没睡？""在加班？"我们都没有更多的话可以和对方讲，即使曾经我们一起玩耍，一起长大。

　　他才 17 岁，成天在理发店里给人洗头，推销会员卡。他有一次跟我说，有点不想做了，没有意思。我不知道说什么，当然没有意思，可是，怎么办呢？我和他，以及你，我们都一样，注定是漂泊在他乡的现代游牧人。我们也许都不知道自己想要什么，如何去得到。风往这边吹，人潮往这边走，熙熙攘攘，一起来了。来了，就回不去了。

废话这么多，我的脊椎、脖颈、手指、眼睛仍然隐隐作痛。

第三章
非标准吃货

最好的味道，从来都和记忆有关。

非标准吃货记事两则

小重庆

　　每一所学校门口都有这样的餐馆。店面不大，五六张桌子，豪华些的外加几个包间，最多也就这样，没有更好的了。如此小店，除非厨师实在太差，否则不必顾虑生意。学生大都固定领饷，拿到钱，憋了一两个星期的手脚终于释放，下个馆子改善一下伙食，名正言顺。还有教职员工，同事之间联络感情，太远不方便，食堂不正式，三五成群，坐到门口饭馆里，刚刚好。另外，男女同学约个会吃个饭，食堂里坐着一片一片的，略煞风景，虽然格调也不至于高多少，但小店毕竟清静些，卖萌耍赖，有了空间。

　　我曾是"小重庆"的常客。这家店在校门外右手边的斜坡上，店后是山，有树，成片的绿覆盖着视野。我们在山中。如果沿着店面一旁的柏油公路一直走，可以找到一个小瀑布，一些村庄。很少有人会这样做，通常我们会乘三轮摩托去路的另一方，一个县城规模的小集市，在那里购物、吃饭、唱歌、打发时间。但在平时，我们不去那么远，食堂和"小重庆"可以解决大部分吃的问题。

食堂可以一人去，这样的小馆子则必须两人起步。通常是我、小美、小豆和"挣钱"，我们都是校园广播站的虾兵，中午有档新闻类的节目，呼哧呼哧把当天在百度上找的新闻读了，十二点半，正好去吃饭。有两个菜常点：酸辣土豆丝和宫保鸡丁。土豆丝切得细，和着干辣椒快炒，分分钟出锅，土豆还有青气，脆，又酸又辣，还下饭。宫保鸡丁肯定不正宗，鸡丁、黄瓜丁、胡萝卜丁和花生米一起下锅，辣而酸的口味非常奇怪，我并不特别喜欢酸，但我喜欢肉。如果我记得不错，土豆丝六块钱，鸡丁十二块，再来个水煮肉片啥的，一人十块钱，吃得饱饱的，满嘴油。

"小重庆"最重要的功能不是提供食物，而是和图书馆三楼的网吧一样，提供一个据点。吃什么不重要，重要的是有人和你一起吃。

有一次，我们围坐着吃饭，忽然听见后面一桌传来哭声，回头一看，是广播站的站长，喝醉了酒，正哭得稀里哗啦。与她一同坐着的人不认识，差不离还是感情问题，一个倾诉，一个聆听，酒杯晃荡，我们面面相觑，有点怕被发现了大家尴尬，也有点淡若似无的八卦心思。

大一下学期，全校搬至新校区。那是一片还未完全竣工的黄沙漫漫之所，没有树，没有图书馆，离市区远，旁边就是村庄，宿舍楼阳台正对着旁边村子的坟墓山。我们像开拓处女地的第一批迁徙者，从此定居，往后一代一代，繁荣昌盛，腐朽落魄，都与我们无关，我们面对的，是一片崭新的天地。

　　在刚修建好的食堂二楼一角，"小重庆"的招牌挂着。约好去吃，结果一切都变了，老板不是那个老板，酸辣土豆丝再也不酸不辣，店面就设在食堂里面，再也没有别具一格的距离感，食堂嗡嗡的回声，穿越玻璃直达我们的耳朵，当然，再也不能感受太阳的暴晒。

　　后来，朋友们各自分散，我回到宿舍里每天点外卖，然后毕了业，"小重庆"也就彻底离开了我的世界。

阿姨水煮

　　必须严正声明，水煮不是麻辣烫，不是火锅，不是关东煮。水煮就是水煮。

　　水煮最重要的是时间和那一大锅看起来油乎乎、深不可测的老汤。谁也不知道那锅汤到底煮了多久，你不能带着洁癖和医学爱好者的好奇去打量它，它混浊，包含一切。

　　首先是豆制品，豆腐、豆泡、豆皮、腐竹、脚板、豆肠，每一味都同根同源，每一味都各有不同，豆腐通常以冻豆腐为佳，白色物质已经变得板结，张开的气孔间布满冰碴，放入沸水，汤汁进入每一个气孔，咬下来，口感有点老，但要的就是那种参差感。也有嫩豆腐，这种则不宜长煮，下锅，分分钟可以捞起，香嫩可口。

　　豆泡、腐竹、豆肠都是经过油炸处理的，经过水煮，干枯的气孔张开，丰富有味。脚板是一件神奇的造物，别的地方从没见过，类似豆皮，但显然比豆皮经过更多工序。一厘米的厚度，层层叠叠几十层的豆皮压制在一起，外形如脚丫，重油炸过，边界处略微卷曲，从中心切开，里面还是淡黄的豆皮本色，最外层则已成酱色。我最喜脚板，煮好后有肉味，一口咬下，重重叠叠，也可以用筷子一层层挑开来吃。

　　除了豆制品，还有鸡爪、肉丸、牛杂、脆骨等肉类。当然，还有各类青菜、油条、猪血、甚至鸡蛋。整个鸡蛋，敲开，放下去，狠狠地煮个几分钟，捞上来如秤砣。最奇特的是皮蛋，皮蛋被沸水狂煮，去了腻味，凉而可口。

　　"阿姨水煮"与"小重庆"隔街相望，店主是一位阿姨，她丈夫也在后厨帮忙，如果有人点蛋炒饭、炒米粉，则会听见炒锅与锅铲噼里啪啦的声音，一会儿便飘来香味。

　　吃水煮以冬天为宜。四肢僵硬的身体，被热气腾腾的水汽融化，从胃里暖起来。

　　水煮与麻辣烫最大的不同在于吃的氛围。水煮是已经煮好了一锅食物，在大锅周围，设列席位，来了，则坐下，围着锅，指指点点，阿姨熟练地从锅中帮你挑拣，盛到你面前的大碗中，边吃边点，热气腾腾。而麻辣烫是将食材选好一并交给店员，自己则选个位子坐好就成，少了参与感，与食物之间隔了长长一段路。另外，水煮店大致如《深夜食堂》的布局，店主站在食台后面，来客坐在对面，和店主、同座都挨得很近，方便交流，容易发生故事，且具温情。

再则，水煮显然要花工夫，一般情况，店主会在上午就把锅开火，将要煮的食物下锅，小火慢慢煮着，一直煮到中午、晚上，客人来食，那味道才刚刚好。

作为一个水煮的拥趸，我将在麻辣烫面前，永远捍卫它的荣誉。

钦此。

就爱路边摊

　　我从小就爱吃路边摊、油炸、烧烤、铁板，怎么重口味怎么喜欢。当然知道这些重油、火辣、过多佐料烹制而成的食物可能并不健康，但知道归知道，吃还是照吃。道理总是事后总结，而遭遇路边摊，如同遭遇一场战争。

　　不幸的是，每一场我都战败。

　　当孜然辣椒在油烟中沸腾的香味悄悄钻进鼻子，我就已经放弃了抵抗。我主动寻到敌方的阵营，迫不及待加入俘虏的队伍，交钱，等待，流哈喇子。

　　张宗子说，"人无癖，不可交"。对我来说，爱吃路边摊者，可交。首先，路边摊是真正看得见的市井热闹之所，爱吃路边摊，说明对生活有情趣；其次，能够在路边自在地吃东西、毫无顾忌的人，往往性格开朗，不拘小节；最后，爱吃路边摊的人都有一颗童心。哈哈，这也许只是我的谬论。

油炸

　　我的路边摊私人排行榜第一名是油炸食品，等我长大离开了老家才知道，原来这并不是普天之下处处都有的小吃，而至今，我已经一年没有吃到油炸食品了。

　　在小的时候，我总是频繁地说出这句话："老板，来两根炸串！"

　　"油炸"的"炸"应该读二声，但我们都读四声，炸弹的炸，喊出来就有气势。说这句话的时候，我往往背着书包，手里捏着大人给的零花钱，眼睛盯着油锅，看着沉下去的腐竹节和火腿肠激起一连串吱吱啦啦的气泡，悄悄咽一口口水，然后装作什么都没有发生的样子看看校门处涌出来的同学，总是叽叽喳喳。

　　炸好了，老板会把炸串放到调料盘里，我自己用刷子刷上厚厚的辣椒，然后迫不及待地塞进嘴巴，往往，口腔内膜就这样破掉的，我辣得鼻子冒烟，口水直流，但是，真的很好吃啊！很快两根就吃完了，没有更多，我只有一块钱，我背着我的大书包就这样既满足又有点失落地回家了，我不会对大人说我吃了炸串的。

　　我想，有必要介绍一下油炸摊的构造。和很多种路边摊一样，它们往往是改造过的推车，底部藏着煤气灶和各种食材，上部则是一个橱窗，最上面挂着香蕉，然后是各个隔层，分别装着鸡柳、鸡肉串、火腿肠等肉类，然后是腐竹节、豆干、豆泡等豆制类，还有韭菜、青菜、茄子及各种蔬菜。

油炸的终究奥秘在于它的辣酱。生意好的油炸摊，往往拥有自己特质的辣椒配方，而且手段娴熟，不像刚刚开摊的新手，炸好了之后，问你要不要辣，要不要孜然，要不要麻，他们完全没有主见，最后不好吃是你自己的选择，还怪不得他。真正的高手只会问一句，辣还是不辣，他早就准备好了三个大盒子，一盒是辣酱，一盒是甜辣酱，一盒是糖。一般情况下用不着糖，但是如果你想吃个炸香蕉或炸年糕，糖就是最好的佐料了。当他忙不过来或者你已经和老板混熟，就可以自己刷辣酱了，这说明你已是油炸世界的人了。

吃炸串最多的日子是高中，相比小学，口袋富裕了许多，下了晚自习，校门口口丁字形的马路已经摆满了各种摊位，有卖水果的，有卖水煮的，有卖烧烤的，当然也有卖炸串的。炸串最兴旺，有两个常驻摊位，默默展开竞争，我常年吃左边的一家，彼此保持忠诚。

工作之后，每次过年回家，都要去吃炸串，一口气叫上十几串，照儿时的眼光看，全然是土豪，但我一边吃一边看旁边同样在吃的小屁孩，还是他吃得香。

臭豆腐

豆腐特别宽厚，受得了各种烹调，是煎是炸是煮全凭你高兴，不论是高级餐厅还是平常家里抑或马路边上，都能看见它的身影。而路边摊里的豆腐代表，无疑是臭豆腐。

据闻臭豆腐有各种流派，其中最著名的是长沙派，豆腐呈黑色，外焦里嫩，味道极佳。我小时候没有吃过臭豆腐，只在电视里看过它的样子，后来终于有机会到了长沙，果然在路边碰到臭豆腐摊，毫不犹豫要了一碗，可惜臭也不臭，香也不香，疑为冒牌货。

真正好吃的臭豆腐，要有烟火气。油要烧得大热，豆腐放进锅里狠炸，几分钟后取出，用筷子戳破豆腐中间部位，形成一个凹口，里面放辣椒佐料，再浇上蒜汁等汤料，才算齐活。吃臭豆腐得沉着一点，刚刚炸好的豆腐很容易烫破口腔内膜。

臭豆腐也是菜肴，有些餐厅的菜单上赫然在列，但真正好吃的臭豆腐必然属于路边摊，推车上拴一个大喇叭，无限循环播报"长沙臭豆腐，最好吃的臭豆腐……"，当你走至身边，再加上它特有的味觉攻势，不得不臣服。

西瓜往事

西瓜的皮是绿色的，有花纹，瓤是红的，有籽。这似乎天经地义，本来如此。然而这世上早已没有什么本来如此，一切都在变化之中，西瓜可以没有籽，瓜瓤可以是别的颜色。前些天在路边看到一筐白色的茄子，明明是茄子，表皮却是白的。

我总是想念有大大的西瓜吃的夏天，想念那些一去不复返的假期。

在记忆里，与爷爷有关的画面不多，唯独买西瓜这件事还算清晰。约莫四五岁吧，或者更小，我还没有上学，被父母送到爷爷奶奶家过夏天。村子叫赤石岗，背靠着山两排瓦房沿河而建，我记得厨房里黑哇哇的泥地，还有一口大水缸，我的鼻子就是磕在这上面，留了一个疤。爷爷奶奶都是护林工人，家里除了种些青菜，并不种粮食，米都是从粮站买，西瓜自然就没得买。所以，买西瓜是个事。

那些年，西瓜均价一毛钱一斤，常有推着板车的瓜贩一个村子一个村子地叫卖，大人们手法都很娴熟，抱起瓜放在耳边，用手拍拍，声音干脆响亮的赶紧放在一边，一会儿挑了十几个，装一两大蛇皮袋。瓜贩提着一把大秤使足劲才把一大袋西瓜离地半尺，称斤算两，匀好价钱。由于瓜贩不常来，再加上夏日苦长，没有什么好打发的，一般每户人家一次都要来上两大袋瓜，堆在墙角里，要吃哪个，先放井水里镇镇，切开摆满一桌子，吃得可欢了。

也不知道是因为没有瓜贩来，还是为了讨个更便宜的价格，爷爷决定去几里地以外的老表村庄里买瓜，直接跟瓜农买。然后，他就带着我出发了。那天傍晚早早吃了饭，天还大亮呢，我们就上了路，也没有交通工具，纯靠走。那时候路都是泥地，但天晴，也就不受什么影响。我们走了好久，终于到了一个我从未去过的村庄，村头还有狗，我在爷爷身后在村里转了好几个弯，到了一户人家，具体那人家长什么样，几口人，也忘了，记得的就是这么一个印象：在一个夏天的傍晚，走了好多路，见一个陌生的地方。对于那时的我，另一个村庄简直就是另一个世界，到处都是未知与好奇。也许我确实一路思考了很多重大问题，可惜年代久远，只记得后来爷爷和我买了一袋瓜，回到家，立马就吃了一个，红瓤薄皮，非常可口。

上小学在外婆家，村子叫南关头。一条大马路直接挨着外婆家的后门，通往外面的世界。那条路修修补补，如今已经是柏油的了，当年只是砂石路，还到处是坑。夏天，瓜贩常在外婆家后门那几棵大树底下一边摇着草帽，一边等着消息传遍村庄，不一会儿，就一家家的顾客自带蛇皮袋上门了。

我除了吃西瓜外，还喜欢干一件事，就是偷西瓜。也不真是为了偷，就是一帮小伙伴的冒险，重要的是那个刺激劲儿。除了偷瓜，我们还偷李子、偷桃子、偷黄瓜、偷香瓜、偷板栗，在四处游荡的一个个假期的下午，总有那么一两个园地或一片废旧厂房被我们打劫。

西瓜田离得远，都在河对面。想过河，一是沿着大马路往下游走，下一个村庄有一座桥，或是直接越过河上的那个小水坝，水坝中间有个缺口，宽一米多，我们那时都小，跳不过去。另想办法，只好从水坝下游的一个地方找水浅处蹚过去，我们的队伍颇为浩荡，最小的只有两三岁，大人们去田里干活，哥哥姐姐要看护弟弟妹妹，又想出来玩，只好一并带上。有时候走到一半，小不点儿号啕大哭，一屁股坐到水里去，哥哥就打，好不容易到了对面，把裤子脱下来甩到石头上晒，走的时候拿在手里，小不点儿也不记得了，跟着一路屁颠屁颠的。

到了对岸，就是警惕区了，一般瓜田里都有一个小棚子，专门有人看着，我们个子小，先埋伏在岸边，瞧瞧情况，没有大碍，再出来行动。从来没有被抓到过，也不知道是我们技术高超，还是别人看到也不愿意管，总之我们坐在瓜田里，找一块大石头，砸开一个瓜，大家用手掏着吃。因为是大下午，西瓜热，吃起来也不爽口，我们吃几口没啥意思，就撤退去爬山或者翻螃蟹了。

后来读初中，在自己家，每到长长的暑假，我就对着电视机，一个下午接着一个下午，颇为无聊，唯一的慰藉，就是冰在冰箱里的半个西瓜。小时候家里人多，吃西瓜都是一牙一牙切开来吃，到了自己家，人少，切一半瓜，上勺子，好不惬意。回想起这时的西瓜，真冰，捧着半个西瓜看电视的那些下午，无聊又幸福。

后来，到外面读书，吃半个西瓜这种事情干得少了，甚至吃西瓜这回事也少了。偶尔路过小摊子，一两块钱一牙，来一牙，一口咬下去，真是夏天。不过这夏天也和西瓜一样，变成一牙一牙的，碎碎片片的，没了那种漫漫长日的无聊与自足。

啊，现在西瓜下市了吗？真是好久没吃了呢。

请叫我"中华小当家"

今晚做了三道菜：西红柿炒蛋，香菇肉片和煎豆腐。西红柿炒蛋和煎豆腐经常烧，香菇肉片是第一次。其实我并不爱吃香菇，但买菜着实耗费脑力，黄瓜、辣椒、茭白、圆白菜、白萝卜、胡萝卜、西兰花、洋葱、土豆，每天看来看去，菜摊上好像永远只有这几样，只有香菇从来没买过，便讨了个袋子，称上半斤。

我买菜有两个原则，节假日，要大肉，各种鸡鸭鱼牛羊猪，换着来，工作日则相反，时间有限，烹饪起来越简单越好。所以我总是买豆腐和西红柿，豆腐压根儿就不用洗，西红柿冲一冲几下就切好了，这样烧好吃完，我才有时间坐下来写文章。

关于我烧的菜味道怎么样，请叫我"中华小当家"。

虽然重新进入厨房不到两个月，但烹饪技术一点也没有退步，由于在各种 APP 上可以随意查看菜谱，反而突飞猛进，想做什么菜，我只需一边开火，一边把 iPad 放在锅灶旁边就可以开干。这在我的第一段厨房生涯里是不可想象的，那时我还是个初中生，乔布斯连 iPod 还没有发明，手机都是诺基亚，学做菜，除了菜谱就靠拍脑袋。

菜谱是我爸以前的老菜谱，无图，小开本，不过菜品齐全，川菜、湘菜、家常菜，基本可以满足日常需要。有一天我照着它做了麻婆豆腐，不料结果一塌糊涂，这倒不能怪书，是我当时 too young too simple ，不仅分不清老豆腐和嫩豆腐，连豆瓣酱也是能省则省，最后豆腐、辣椒一锅煮，味道倒是挺别致，但到底不是麻婆豆腐。

有了失败的教训，我就专门找简单的菜做，结果真有一个菜成了我的代表作，那就是青葱土豆片。话说土豆这东西真是实力派选手，可以和大肉一起炖，味道浓郁又管饱，也可以切丝清炒，放几个干辣椒，滴一点醋，酸爽下饭，还可以切片，锅里少油煸着，坚决不放水，等土豆片软了，放少许盐，撒点葱花就得了，味道好极。

还有一个菜我骄傲至今，这就不是菜谱的功劳，而是拍脑袋拍出来的。当时夏天，吃西瓜剩下好多西瓜皮，平常也就是削削干净炒个辣椒，结果我突发奇想，创造了一道美味。话说这美味不仅吃起来好吃，看起来也是红红绿绿的，有食欲。怎么做呢？很简单，把西瓜皮切丁，放在一旁待用。西红柿整个下热水里煮，煮得差不多了捞出来，去皮，把锅烧热，下油，在锅里把西红柿捣碎，再把西瓜皮丁倒进去，大火热炒几下就可以起锅啦。最后吃起来酸酸甜甜的，别有一番风味。

第一段厨房生涯很快就结束了，上了高中，住校，吃食堂，然后一路大学，工作，大多吃外卖、点快餐，偶尔下个馆子。自己做又累又麻烦，何必呢？但做饭这件事着实有乐趣（当然洗碗就另当别论），烧出一道好菜的满足感和写出一篇好文章不相上下，甚至有过之而无不及。

在这两个月的新厨房生涯里，我先后攻克了啤酒鸭、红烧肉、红烧排骨这样高难度的菜肴，还研习了意大利面和牛排的做法，虽然牛排最后煎得咬不动，但其他试验大多成功。接下来，我希望能买个烤箱，多搞几把刀，然后尝试一下面食，我外婆的手擀面这次过年回去应该学到手，还有各种饼类，啊，这样想一想生活还是有些盼头的。

小时候的零食

儿时住在山中外婆家，寻常除了饭菜，很少有零食可吃。水果是有的，西瓜、梨瓜、李子、桃子、枣子，它们和季节一起来，和季节一起去，吃得快活，但终究是常常见到的，不如人工制作的零食馋人。

第一馋人的是爆米花，不仅因为好吃，还因为观看爆米花的诞生犹如见证魔法，黑乎乎的"炮筒"里炸出一堆火热膨胀的"雪花"，我无法理解，只觉得神奇。炸爆米花的是个老头，他说来就来，不和任何人打招呼，但只要他来了，所有人都会知道，孩子们会通风报信，央求大人们准备好米，一路奔跑到村头的大樟树下，老头就坐在那里。

我早就模糊了他在我脑海里的模样，只记得他身前摆着一个炮筒，一堆零零散散的东西摆在一旁，有人捂住耳朵，害怕爆破，他则不抬头，也不说话，专心做着自己的工作，忽然轰的一声巨响，热乎乎的爆米花从炮筒跳出来，有人带着袋子来取，也有小孩被吓哭了。其他人继续站着，等待属于自己的爆米花。

这种爆米花的原材料是大米，个头小，但爆出的米花很好看，用手捧出一捧，轻盈得像没有一样。吃在嘴里的淡淡甜味，像咬一口泡沫，新奇又开心。

还有一种米做的吃食，长得像水管一样，没有名字，我暂且称它为"米管"吧。它比爆米花更高级，爆米花需要一个老头不停地转着他的炮筒，费时费力，米管则诞生于拖拉机，只要开动拖拉机的马达，就能源源不断地生出米管。不过，拖拉机制作米管的过程没有爆米花那么惊心动魄，甚至有些无聊，除了需要一个人不断把生出来的米管折断外，机器就那么不停地转动，现在来看，它几乎是手工业朝工业转型的一个缩影。

米管不仅是零食也是我们的玩具，我把它们分别套在十个指头上，一口一口地吃，像一个妖怪在啃自己的骨头，如果有伙伴来玩，则分他一根，我们互相挥舞着，一较高下。

馓子和小金果是外婆最喜欢买的零食，我却不怎么热爱。馓子长得像头发，一条一条的，炸得金黄酥脆，我平常不吃，但吃起来就没完，它好像有魔力，让人不停地像啮齿类动物一样，一根一根地啃下去，特别是雨天，没有事可干，我就吃馓子。小金果太甜了，不合我胃口。

我还吃过一次麦芽糖，一个中年女人说用凉鞋可以兑换，于是正在玩游戏的一帮伙伴一哄而散，全部回家寻找凉鞋，我找到了两双，她只要了其中一双，然后给了我一块糖。我完全不记得味道了，只记得后来外婆打我，因为我把她的凉鞋拿去送给那个卖糖的女人了。

　　真正令我感兴趣的零食，全部藏在小学的小卖部里。它们比这些米做的、面粉做的零食更有吸引力，味道也更刺激。我爱吃辣条，外婆一天给我一块钱零花钱，可以买十根辣条，但我不会这么做，我还要买些别的东西，比如一种杧果干，它其实是杧果的骨头，没有肉，味道也和杧果没有丝毫联系，但是我没有吃过杧果呀，所以我要买。

　　还有方便面，长大以后，方便面是迫不得已才吃的充饥之物，但小时候方便面本身就是奖赏，除了用开水泡，只是干吃也叫人欣喜。后来果然出了干脆面，为了集齐 108 张水浒卡，我花光了所有的零花钱，但是最终只有几十张而已。后来还出了《西游记》的卡片，但大家都没有第一次那么兴奋了。我呼哧呼哧地读到了小学五年级，也就和外婆家说再见了，但这些零食一直陪伴着我，直到离开家乡，踏上求学的征途。

范范

范范就是覆盆子。

鲁迅在他那著名的《从百草园到三味书屋》中提到，"如果不怕刺，还可以摘到覆盆子，像小珊瑚珠攒成的小球，又酸又甜，色味都比桑葚要好得远"。味道当然好得很，可是当时学这篇课文，哪里知道那么端正的"覆盆子"三个字，指的竟然就是范范。

范范是小时常吃的，山里吃得多，到了夏天，去河对面偷西瓜、偷梨子、偷桃子，不同的时节还有"鸡爪子""牛卵蛋"，栗子……这么多好吃的，我最喜欢的是梨瓜，然后就是范范。梨瓜是香瓜的一种，青皮，成熟之后略微发白，闻之有一股清香，掰开，肉白色偏黄，味甘而香，我觉得比西瓜好吃，深得我喜欢。这种瓜和市场上卖的黄色的、白色的都不同，可惜好久没有吃到了。上高中以后也不曾吃过范范，远离家乡以后，更是见都难了。

范范有两种，一种像草，一种像树，我们这里分别称作"饭范范"和"树范"，为什么叫饭范范我不知道，两种范范名字不同，长得不一样，味道也不同。饭范范一般圆形空心，颜色鲜艳，而树菹则是近于椭圆形，颜色也偏黄，但要说味道，实后者更佳。

这一次去外婆家，终于吃了好些菹菹。味道是久别的好，却没有像小时候那么热切地去摘，尝几个便罢了。很是有些悲伤，在我心里隐隐作痛，回忆中的你，再也不是你了，给了机会，也找不出从前那种感觉。只有记忆，只有在记忆里游走、寻觅。

回来的时候看见山边开了好多金银花，还有映山红，又勾起一点回忆。那时候就连花也是能吃的，我不记得谁告诉我的，但好像天生就知道一样，大家都吃，我也就吃了。把花瓣撕下来，往嘴里一扔就是，味道酸酸的，又有一点甜，嚼一嚼再吐出来，是甘蔗的吃法。还有一种叫糖葫芦的小果子，表皮都是刺，摘下来放脚底踩平，打开来吃，至于味道，也只是留在我的回忆里。

家的味道

　　一个人生活，时常犯懒不愿意做饭，要么吃快餐，要么就饿着肚子挨到下一顿，选择的余地并不多，不像小时候，即使家人再忙，还是可以吃上一碗面疙瘩或菜泡饭。

　　面疙瘩就是面疙瘩，把面和好，不用发酵，一揪一揪地丢入滚水的锅里，放点盐，放几片白菜，煮到有点糊糊状了，捞起来，好吃得很。这种食物本来就是应急的，大家对它的要求不高，只要有味道还能管饱就够了。小时候，外公还在切片厂上班，烧锅炉，外婆有时候要去摘茶叶，或者摘棉花，没有时间做饭，就给我和表弟俩做一顿面疙瘩。

　　我很佩服外婆的手艺，她不仅会包饺子、包粽子，还会蒸馍馍、包包子、擀面条、炸圆子。做面疙瘩更是不在话下。她常常用的是一个不锈钢的脸盆，将面粉和水倒进去，揉在一起，翻翻滚滚，一下子就成了一个大面团，像变魔术。每年过年，看着厨房里突然多出好几簸箕包好的饺子整齐排列着，也像变魔术。

　　外婆家的灶是土灶，烧饭得先引火。引火用的是松毛，也就是松树的树叶，松树四季常青，也常落叶，等它们落到地上，枯萎变黄，就是很好的燃料了。一年三百六十五天，烧饭都离不了它。

等到把火点燃，架起柴火，从压水井里打来水，就可以准备碗筷了。因为整个过程非常短，只要水一开，把面疙瘩丢进去再烧开，就可以吃了。常常，我和表弟一人搬一个方凳在门口，蹲在地上吃，吸溜吸溜的，很快活。外婆就着蓝边碗吃完一碗，就要回去忙了，我们则只管慢慢吃，自在得很。

虽然这不是什么名贵菜肴，但是在应急的时候却是非常好的选择。刚刚毕业工作那年，我去到同学的住处玩，一位来自兰州的同学就做了一次面疙瘩，他做得更细致，面疙瘩的个头也小一些，还放了肉糜，味道更滋润，但是回想起来，还是外婆做的只有汤水和白菜的面疙瘩更好吃，也许只是记忆的缘故吧，总之，我是很久没有吃到了。

另外一种可以管饱又方便的食物，就是菜泡饭。日本有一种茶泡饭，很受文人雅士喜欢，一碗白米饭，用茶水泡开，取其淡而有味，是很讲究的。菜泡饭可就不是那么一回事了，甚至干脆就没有什么章法，做成什么样子，全看你上一餐剩了什么菜。

不需要肉，只需要青菜，白菜、豆腐、芹菜都可以，剩菜有味，无须加盐，只把剩饭剩菜加水倒进锅里，等着烧开煮熟就可以了。

它不像干饭，要慢条斯理地咀嚼，它有汤有水，入口即可下肚；也不像稀饭，稀饭是清清白白，寡淡之味，泡饭却是混合着各种剩菜的滋味，和广东人慢慢熬出来的粥也不同，菜泡饭无须花上几个小时小火慢炖，就算连西红柿炒蛋都烧不好的厨房新手也能煮出一锅香喷喷的菜泡饭。

从前暑假，到父母打工的住所，大家都忙，便常常吃菜泡饭。我很喜欢它，不需要多少时间，不正式，但管饱，够味，是真正自家人才会做的饭。菜泡饭，是真的有家的味道的，面疙瘩也是。

第四章

从泥土到水泥

我生活在平凡的世界里，无数个平凡组成了我的童年、我的青春。

今夜做个捞尸人

　　很多个中午，我独自走过总厂那条水泥路，踢着石子从湖边的小路右转，进入一片松树林。那林子很小，两分钟就可以穿过，但我总是走得很慢，我希望时间在这里停滞或者消失。我讨厌这段路程的结果，我每天必须去的学校，开始紧张的学习，在家里也甚是无聊，只有走在两点的中间，这片小松树林里，我才毫不设防。

　　那条小路被落下的松针覆满，走在上面没有声音，但是夏天的时候会有鸟叫，假使只有你一个行人经过，森林会向你展露它的寂静。我已经很久没有回去，不知道那片林子还在不在。前几年春节看到街上的大梧桐树被砍伐殆尽，原本藏在树荫底下的街道赤裸裸地面对天空，垃圾袋被风吹着向上打转，小孩蹲在路边的游戏机厅门口，几家小店无精打采地敞着店门等待不会来到的客人。如果还有树，那么这条街的老败和衰颓总有一个遮盖，不至于这样地露骨，即使败落，也还有绿色打底，不像现在这般灰突突地没了年龄，没了记忆。

　　那片林子就在这座小镇中间，一个山丘上，它的四周都是路和房屋，唯独它莫名其妙地保持本色，在松树的外围，还有一片小果园，那里的橘子我偷过不止一次，又大又甜。我回忆起这片小树林，那些小竹子底下的嫩笋，那些好看的松果，那些穿过针叶来到地面的光斑，还有那种安谧气氛里树脂的味道。时间果真在那里冻结存档，悄悄放到我的脑袋里。但是，我看见、我闻到森林，却无法看见我自己，我没法儿知道我走过树林的时候有多高，穿着什么鞋子什么衣服，背着什么样的书包。我甚至不知道我的样子，如果我现在走回去，和过去的那个小孩擦肩而过，我们谁也不会认识谁。虽然我时常想到他，而他也不断地想着我，即使这样，我们的想念还是无法抵达对方，只能在虚空中画一个圆圈，然后回到自己。

我那时候渴望长大，就在那片属于我的中午和森林里，想象长成大人的我离开镇子，变得强大、勇敢，去很远很远的远方，不再回来。那个十三岁的男孩想象的他的未来有很多很多的细节，但我不能虚构，我终于没有长成他的未来，也终于没有办法回到他的想象，我和他的关系处在微弱的末端。就像外国电影里的那种地铁站，我们站在轨道的对岸，车厢一列列地从我们中间穿过，就算空下来的时间，我们也只能互相对看而无法抵达。然后我的车来了，他的车也来了，但是你知道的，我们朝着相反的方向驶去，越走越远。

在很多很多的时间里，我也像大多数人一样朝前看，即使看不清，也要仰着脖子踮起脚尖，至少做个样子。但总有一些时候，你要回头，撑着一叶小舟往记忆的大湖里驶去，在黑夜里默默打捞尸体，把它们一个个拖上来，看一看，和他们说说话，再任由他们重新漂回水中。然后你回到岸上，回到现实里，回到白天里。

我出航的时间并不固定，但每一年的这一天都要出发。不知是谁创造了生日这个概念，又是谁建立起了过生日的传统，他们当然知道生日就是出生的那一个日子，他们也必然了解，天一黑，那个日子也就随之结束。永远地结束。那辆车子已经开走，但是我们要在车子开走的地方做下记号，再创造一个可以轮回的时间的假象。万事俱备，就可以庆祝。但是庆祝什么呢？是庆祝成长还是庆祝老去，是庆祝过去还是庆祝未来？庆祝来庆祝去，仍是模糊。

但是，多谢那个发明了时间的人，也多谢那个创造了年历的人。他们给时间找到了坐标，我们一个刻度一个刻度地像钟表一样精确地老去，每到一个整点，铃声一响，我们就回忆过去，憧憬未来。但是，我们站立的地方，却是一个并不存在的刻度，一个人类自己发明的梦境。当然，谁说这不好呢？在这个码头上，很多人郑重起航，有些人喜欢去未来的白色海洋，我却喜欢往过去的黑色大湖里钻。

高考

那一天下雨。早上八点多从学校出门，在马路对面的早点店吃一碗面、一碗汤，打车过桥，去新城新华学校，我的考场。

前一天已经来看过，也不知道看什么，大家都来，我也来，转一转，便出去了，和门口遇着的同学聊天，日子好像还长。一起沿着街道走回去，店面开着，树绿着，一切都好。

我到考场的时候还早，校门口聚着一堆一堆人，每个人手里都拿着透明的档案袋，里面有铅笔、橡皮、直尺、准考证、身份证，还有塑料垫板。一路走进教室，在楼道间和遇到的同学打招呼，像赶集，像多年以后过年回家的假期，我们在街面相认。

教室里每一张桌子上都有一块鹅卵石，电风扇在头顶转，石头可以防止试卷被吹走，我把玩这块石头，等待铃声敲响。第一场考语文，试卷发下来，大家都埋下头，有两个监考老师，无聊地在教室里走来走去，我在最后时分写完了作文，一件事情就这么完成。

校门外有许多家长，许多车，订了宾馆的同学回宾馆去，住在县城的回家里去，我拐到附近的叔叔家，吃午饭。婶婶烧了几样好菜，我默默吃着，有点尴尬，和亲戚们的关系一向处得不好，问一句，我答一句，然后休息，等待。

因为所有人都分散了，不同的学校，不同的考场，考试的那两天特别安静，身边没有朋友一直说话、一起吃饭，好像在预习暑假的来临，预习所有的人都将在两天后失散。

下午考完，我回老城去，回到住了大半年的校内出租房，本来住了十几个人的套间只剩下几个人。有些人早在高考前一两周就收拾包裹回家，在家里做最后的冲刺，有些人去了新城亲戚家住，更方便，有些人住了宾馆。小雨一直下。

躺在上铺，原来，高考就是这样。

早在进入高中的第一天，我就被告知它的存在。那一天，一切崭新，报名，领军训服，分宿舍，买各种生活用品，四处闲逛，晚上上第一堂晚自习，班主任走上讲台，给忠告，树威信，然后讲到一千多天以后，我们都将参加高考，那是这三年所有的意义。就像哈利·波特总有一天要和伏地魔一决生死，时间很长，长不过时间，一千多天以后，高考真的来了。

可是在高考的时候，我什么感觉也没有，我不热衷于对答案，不紧张，不焦虑，不觉得前途就此决定，人生在此刻改写，虽然在大多数情况下这些话都没错，但我不相信，也许是因为我本来成绩就不好，也许我从来就不相信高考改变命运。那两天，我只是隐隐觉着失落，一个季节落幕，一群人离散，一场相识重归于陌生。

第二天过得更快，晚上，我回到宿舍，人更少，大家都去狂欢了。我想起我偷看父亲的日记，在他高中时期，曾经和同学骑着自行车，一路飙向省城，我可以想象，那些青春飞扬的日子，那时候的风应该都是灿烂的。

我躺在客厅的席子上，胡思乱想，十八岁，想不了多少事情，但也有不舍、担忧、迷茫、孤独，我听着歌，睡着了，窗外仍然有雨。

第二天，我收拾行李回家，三年来陆续买的书装满了一个箱子，于是课本一本也装不下，只好找了个蛇皮袋，准备下次来拿。可是，我再也没有回去过，那一袋书就此消失。

暑假，我去父母亲打工的远方城市，等待成绩，在夜晚给很多朋友发短信，一些情深意切的话。然而，所有，所有都敌不过时间，几个月后，我进入了一个新的学校，开始了一段新的生活，结交了一些新的朋友，而高中，那些梧桐，那片操场，那些人都沉入记忆。

奇幻世界和深沉时代

2001 年，我从燕山转学到云山上初中。我在一篇文章里写过，那是水泥开始覆盖我的第一步，一个在乡村成长的无知少年踏入这复杂世界的第一步。在此之前，我只关心假期和游戏，对山外的世界全无好奇，没读过几本课外书，没听过音乐，没看过电影，不认识明星，不知道任何消费品牌，野生而茂盛。

突然置身陌生环境，往日依傍的生活经验全部作废，吃饭有吃饭的规矩，说话有说话的规矩，交谈全是新鲜话题，要学习和适应的远比课本上来得多，而这一切都是默认值，好像我理应知道，理应适应。

我变得缺乏常识，敏感胆小。我处于绝对的孤岛，不懂得表达，也无从表达，没有渠道，没有对象，没有后援。只有我一个，把一切承受下来，内化到身体里。那是我古怪难搞性格的形成期，虽然现在已经改掉了很多毛病，但病灶仍在。说来也许夸张，少年时期的一点伤痕，往往需要以后数十倍的时间来治愈，甚至无法治愈。

我现在知道，之所以后来会依赖文字，和这段日子也不无关系，有很多瘀血需要清除，当然这是后话了。回到 2001 年，那一年《哈利·波特与魔法石》电影首映，原作中文翻译本已经出版到第三本；那一年周杰伦发行了首张专辑《Jay》，一个属于他的时代即将开启。之所以提到这两个作品，是因为它们陪伴了一代人，是流行文化作为人们生活共同记忆的最后范例，更重要的，它们是那个无知少年与这外面世界的首次接触。

我买的第一本书，是《哈利·波特与密室》，它也是我看完的第一本"课外书"。在此之前，最多就是翻翻班里同学们传阅的《花季雨季》之类的杂志。我还记得杂志每一页的底部都列有姓名、地址、邮编，你可以选择任何一个人寄出一封信，但我从没有那么做过，因为我不知道寄信到底要怎么寄，信封上的格式也搞不懂，最重要的，对于完全不熟悉的陌生人，哪里有什么话好说呢？

回到我买书那个中午，新华书店坐落于镇上主要路段的分岔道上，当时这条路两旁种满了法国梧桐，书店门口有三级台阶，我踏上它们，走进去。里面有文具，有毛笔、字帖，有课外辅导书，还有对联。我在一个书摊上看到它，很旧，有折痕，通体绿色。因为之前政治老师涤清在课堂上讲过哈利·波特的故事，所以我看到书名便好奇地拿起来翻，当时书店里的老板正和一对父子研究字帖，没空理我。我看了看标价，二十二元，虽然兜里还有一点压岁钱，但心里仍然忐忑，不知道该买不该买。

正当我犹豫不定时，老板朝我走过来，不知道怎么办，走也不是，留也不是，便索性问了他：这本书多少钱？他回答：十一块。然后我丢下十一块钱就跑了。我害怕他发现书底写的是二十二元，害怕他后悔。当然，后来我才知道这是打折旧书，老板并没有对我特别关照。

在之后的四个早上，当奶奶把我叫起来晨读时，我便把这本书藏在语文书的后面，紧张兮兮地读完了它。读完便完了，我并没有去找更多的书来读，仍然恍惚地度过了三年又三年，直到十五六岁时才随大流看起玄幻武侠，并以此开端，从县城里的图书出租店里，找到了更多的书。这之后，是仍然漫长的自我启蒙之路，到现在也没有完成。而那本绿色的二手《哈利·波特》，是那段黑暗时光里少有的亮光。

周杰伦的作用和哈利·波特一样，他的歌曲是我最早听到的流行音乐。当时王理中是周杰伦狂热的粉丝，每天哼唱，耳濡目染便记住了这个名字。我自己是没有磁带的，偶尔从别人的随身听里听到一些碎片，也是听不清。后来因为巧合跟着亲戚去了一趟省城，莫名其妙地在某条巷弄的小店里选了一张周杰伦的专辑，买下来，六块钱。

这是一张盗版专辑，因为里面既有《可爱女人》《龙卷风》又有《爱在西元前》《半岛铁盒》《米兰的小铁匠》，是周杰伦前三张专辑的精选。以后用复读机假装听英语磁带的时候，便悄悄地把歌拿出来听，一遍又一遍，不嫌烦，不快进，永远不够。最喜欢的是《米兰的小铁匠》。

有一天下午放学，我走出学校大门，一个高年级的学生骑着自行车呼啸而过，车后座夹着书包，里面传出歌声，高音，鬼魅，动人，是周杰伦的新歌《以父之名》。我还记得那个黄昏的阳光追着车上少年和歌声远去，我朝着反方向走回寄住的叔叔家，心里悄悄地失落。

后来不可回头地朝外走，如今混到城市里做当代的游牧人，书读得越来越多，歌听得越来越多，但我仍时不时想起那个对一切都浑然无知的少年，想对他说，未来会好的。今天听了周杰伦的新专辑，又听了他的一些老歌，记忆碎片闪烁不灭，便用文字敲下来，敬那些逝去不还的日子。

我听歌

看完马世芳的书，想起这句话：你十四岁时听的音乐，将会决定你一生的音乐品位。我虽然不大同意这种看法，却也不能给出有力的辩驳，因为我十四岁的时候，对音乐几乎没有概念。那一年，我的英语成绩还是不及格。地下，乡愁，蓝调，于我，不过是等待，成长和更为漫长的等待。

"流浪的人在外想念你，亲爱的妈妈……"

小姨夺回随身听，嗒的一声，音乐停止。她把那个神奇的玩具重新装回口袋，塞上耳机，摇晃着身体摔开纱门，去小卖店了。

那时候我读小学，在我眼里世界只有一个燕山那么大。然而一切都完美、正好，只要老师不在课堂上叫我起来回答问题，外婆不要告诉父母我天天玩着游戏机。我活得狭隘，单调。现代社会的一切都还在缓慢地渗透之中，网吧是不存在的，游戏厅的触角没有伸长到那样偏僻的乡下。歌曲，远远不能到达我们的生活。只有电视剧的主题曲会在高年级的孩子口中哼出，而那又有什么大不了。所以当小姨把她的随身听当宝一样地带在身上，我的好奇仅仅是对于这种机器本身，而歌曲，那是大人的东西。

比如读初中的蒋文的姐姐，她有一本硬皮笔记本，里面一页页抄满了最近热播电视剧的片头曲、片尾曲的歌词。每当中午放学时分，我们在门口的空地上打石子游戏，她便搬着板凳坐在旁边，一笔一画地把她同学本子上的字句原封不动地移植到她的本子上，那种投入使那些歌词变得崇高而遥远，标志着长大和秘密。我曾认真地翻过，却终究不得要领，搞不懂那些词语背后隐藏着怎样的秘密。

在年少的日子里，流行音乐的缺席并不会减少任何快乐，但一些隐秘的隔阂已经悄然安排进我生命的进程。

二〇〇一年九月，我到一个完全陌生的城镇上初中，周杰伦发行了他第二张专辑《范特西》。我从泥土的世界走进水泥地的生活，等待着水泥搅拌，覆盖我——使我变得坚硬、平整、干净。而在那之前的一段时间，土地裸露在空气之中，雨洒下来，太阳把它晒干，风吹走了部分尘土，我贫瘠、干旱、寸草不生。

水泥地上的孩子不知道农作物的名称，不知道玉米、花生来自何处，不知道什么时候吃西瓜什么时候桃子熟。他们不需要知道，因为这里没有，没有菜地，没有果树，没有小河，没有山、土、螃蟹和田野，这里有的是《哈利·波特》，是周杰伦，各种明星的动向和消息，所有我不知道的事情。仿佛另有一个世界，而我被排除在外。我处在一个梦中，迷迷糊糊地醒了睡，睡了醒，脑袋空空，装不下课堂上老师的讲话，也装不下同学间流传的消息，我如同一个影子，出现在这里，但是并不真实。

但我还是听到了。周杰伦迷迷糊糊的声音第一次出现在我的耳朵里，虽然那个时刻那个声音不可靠，但大可推测的是，它并非来自磁带或者别的录音设备，而是同学的哼唱。坐在我后面的王同学是周杰伦的粉丝（那个时候似乎还不叫粉丝），他有意无意地唱着那些歌，我有意无意地听着。《爱在西元前》就这么进入了我的记忆，关于幼发拉底河和底格里斯河的知识也来源于此。

二〇〇二年，世界杯中国队小组出线，那个下午的地理课上，马尾念老师朝门口晃了晃她的白发，示意我们自由活动。一群兽冲出教室，涌入学校门口的小店，那里有一台电视机正在直播比赛。我挤在人群的外围，不知道为什么，为什么老师要给我们自由？为什么他们挤在一起只为了看一些人踢球？我苦恼地坐在老柏树下，等待着成长，等待水泥将我覆盖，等待下课铃声的到来。

后来，我在这个小店里看到了《哈利·波特与魔法石》的录像，有一个大块头、长着大胡子的外国人敲了敲一面砖墙，突然之间，那些砖头活了过来，一条道路被打开。

所有人都开窍了，包括那些来自乡村的孩子。他们住校，在自己洗衣、打饭、处理伙食费用的同时，获得了更多的自由和通向未知世界的消息，他们迫不及待地长大，情书在晚自习的课桌下四处传递，而我，不属于这个隐秘成长的庞大世界。我不在此，也不在彼。我被遗漏了，仍旧处在模糊的前青春期的迷梦里，独自等待。

不过，我仍在他们的活动里，听到了某些消息。比如，我知道有一个叫小刚的人唱了一首《黄昏》；一个叫阿杜的男人嗓音独特，在很多人的耳塞里忧郁沧桑。我们的班长喜欢一个叫孙燕姿的歌手，而王同学还是热爱周杰伦。

二〇〇三年，学校给我们放了十三天的长假，我终于去了一次省城。这次出行没有什么正当理由。对于日后那个我生活了四年的城市，仅有的印象只停留在那个模糊的弄堂，我从车子里走下来，进入一个卖磁碟的小店，选了一盒周杰伦的盗版碟，六块钱。

回到家，小心翼翼地打开塑封，把它塞进我的复读机里，等待着第一个音符的降临。我听到了《以父之名》，还有《龙卷风》《可爱女人》《东风破》《懦夫》……我终于获得了一盘磁带，并建立起了和这个世界的某种实在的联系。

周杰伦打下了我音乐谱系的第一站，并且永远地站在那里。以后的几年，我仍然模糊地长大，忽略了超女的比赛，忽略了大大小小的明星出现又消失，只抓着周杰伦，便自觉够了。

《十一月的肖邦》我听了很多遍，那时我已经自己洗衣服、打饭、处理伙食费用，获得了更多的自由和时间，在多人的寝室里，塞上耳机，睡去。我不是一个真正对音乐有追求的人，不关心市面上出了哪些歌，也不清楚有什么著名的歌手，我听歌，不过是在自己身上覆筑水泥过程中的一个环节，而周杰伦成了这个环节的一个偶然。

那一年，MP3 流行了起来。那个时候，这种播放器的容量大多只有一百多兆，而在校门口的复印店里，下一首歌两毛钱。

最初使用这种玩具的人分为两类，一种是家在县城的阳光少年，一种是来自乡村的少年，前者轻松而自然地开始这新鲜的游戏，而对于后者，一个 MP3 等于取消一个月的晚饭。尚属于后者，但他又是那么与众不同。

他在语文考试的作文里使用繁体字，在晚自习用注音符号写完一个又一个密密麻麻的本子，在不合时宜的时刻突然奔跑，与班主任抵抗且毫不畏惧。他有一段时间坐在我的旁边，耳朵里终日塞着耳机，有时候耳机连着 MP3，有时候耳机的那头只是空空的闲荡在那里。有一天，他的耳机里总是出现那首《死了都要爱》，激烈的声音溢出他的耳朵，在晚自习昏睡的灯光之下，飘进我半睡半醒的梦。

很多年后，我在 KTV 听到别人唱这首歌，便想起那年秋天，我们全班四散在县城的角落，并不用尽全力地寻找他的足迹，想起那一天我跟着某一位同学，爬上了江边的那个立着白色雕塑的山坡，并终于在黄昏时走过大桥，回到安全的教室里。

几天之后，当老师宣布他的生命已经结束，我们坐在下面并没感到不同，只是在好几天之后才恍然发现，那张桌子怎么蒙着一层厚厚的灰尘。

我睡在异乡的木板床上，耳朵里一遍遍听的却是《流年》和《流浪的红舞鞋》，我发了一条很长的短信，告诉那些朋友，这一段时间是真正完结了，从此我们走上不同的路径、不同的轨迹，开往不同的方向。

新的生活把我带离县城，来到水泥空间。我忘掉了周杰伦，继续在往日尘封的世界里翻拣王菲的音乐。我找到了另一个她，在《乘客》《光之翼》《半途而废》《云端》《出路》《不留》《将爱》《开到茶蘼》《打错了》《暗涌》《无常》《浮躁》里，那个喜欢啦啦啦啦无止境的啦啦啦，有点摇滚、随意，并且唱着好听的儿化音的她。

团山小学门口的空地上，有一片即将做成一次性筷子的半成品，竖立在那里等着太阳将它们的水分晒干，所有人晒在太阳里，包括我。我坐在一节台阶上，没有人注意我手里拿着手机，因为我并不说话，我静静地坐在那里，听你的声音从话筒里传递出来。你一首接一首地唱王菲的歌，就在离我十几米的那棵树下，我们之间隔着大人和小孩，那些半成品的筷子，我看见你的嘴巴翕合，歌声流入我的耳朵。我记得那一天的下午阳光正暖，而那一通电话奇妙地穿越时间和空间，把王菲和你共同的编织到我无法舍弃的记忆里。

就像一条蛇要不断地蜕皮，一个人不断地离开过去，包括那些曾经陪伴过你的歌曲。

那一年，我终于拥有了第一个 MP3，这个时候 MP4、MP5 早已流行，而我总是迟到，这好像也没什么不好。

《不要停止我的音乐》成为循环度最高的一张专辑，我走路听，上课听，睡觉听，从头到尾，循环往复。《安阳》《西湖》《公路之歌》《再见杰克》，高虎的声音低沉又高昂，虽在南方，也想跟着音乐继续一路朝南。

二〇一〇年国庆，"痛苦的信仰"到南昌巡演，我去看了现场。独自一人挤上公交车，从郊区开往市区，黄昏渐暗，我站在人群中间，摇摇晃晃，没有一个人知道我去听歌。那间酒吧专门做演出，空间不大，人多，热闹，长发披肩的男人站在门口，一张张红色的票子叠在他的手里，我站在队伍里，突然感觉像是在拍电影，参加一个秘密行动，或者是被赶进集中营。

十月的南昌并不凉爽，室内气温很高，我站在圈子的外围，镇定地听歌，不动，不跳，不鼓掌。突然有人pogo起来，中间出现一块空地，有如一个磁场诞生，人冲进去，撞了一圈，反弹回来。接着，有人带头开起火车，这下我不得不搭着前面人的肩膀，蹦蹦跳跳地融进快活的气氛里，成为一滴水，和他们的热情一起，在音乐里蒸发。

那是一个汗津津的夜晚，音乐成为热量，从身体里渗透出来。

接着是周云蓬的《牛羊下山》。我舍弃其他，只听这一张。《不会说话的爱情》打开了一个神奇的草原，我走在上面，恍然出神。最喜欢《杜甫三章》，当沉郁的歌声响起，最熟悉的诗歌传来，千年之前的杜甫便从耳朵里复活。无边落木萧萧下，不尽长江滚滚来……

然后是郝云《突然想到理想这个词》。北京味道的城市民谣，好像驾着歌曲的云朵，飘到了北京胡同的上空。我喜欢那句"混了三十多年，还是个卖艺的小青年"，喜欢"木偶也有疲倦的时候"，喜欢文艺青年的洒脱。

然后是尚雯婕的《in》，二手玫瑰，耳光乐队，左小老师，白水……

我落在后面，听了很长一段时间的王菲的歌，终于跌跌撞撞走进了民谣摇滚的小世界，而且只局限在中文歌里。这就够了，外面的世界太大，大得无法掌控。在音乐迷的眼界里，世界还有很宽，我只不过走到一个小岛，便从此止步不前。我不走了，外面的世界太远。

水泥，依旧通过其他途径继续覆盖，显然还没有结束。

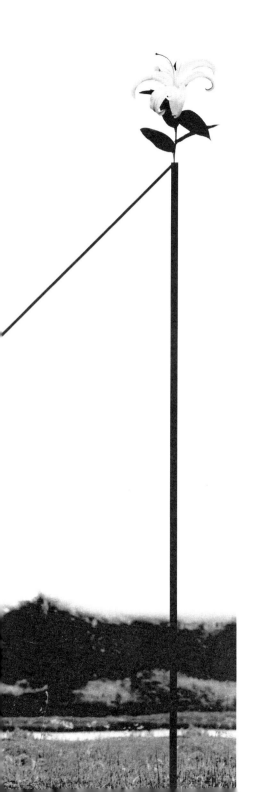

城市里所有的孤独

从出租车里拍了一张外面的照片，浑水淹过了街面。深圳一直下雨，太阳偶尔出来，又被赶回去，这个黄昏，城是灰色的。

司机问我：去哪里？

我坐在后座，对着手机：去深圳体育馆。

他沉默了一会儿：有比赛？

我说：去看演唱会。

哪个歌星？

李志。

噢，李志。李志是谁？

我没有继续回答，雨全部打在了窗子上。

第一次听说李志是在二〇〇九年，或者二〇一〇年，丁老师在南京上学，很自然听上了李志，介绍给我，我听了，并无特别感受。我更喜欢周云蓬，沉默如谜地呼吸，像梦，像诗。李志不够入味。

当时我在南昌，和丁老师计划去一次音乐节，可是路途遥远，一年年计划，一年年放弃。后来我一个人去听了一次，黑铁酒吧，痛苦的信仰。那是一个很逼仄的空间，人们挤在一起，晃动，歌唱。人和人，一个个，都那么孤独。

毕业后到深圳，上班，赚钱，看书，睡觉。前途啊未来啊都不想，只顾着当下。和朋友每天下班后去找吃的，在城市的地下穿行。也听歌，我推荐他们听周云蓬、白水，海洋听李志、约翰·列侬，况听范晓萱。一年之后，我们陆续离开了那家公司，海洋去了江苏，我和况留在深圳。

司机问我：在哪一个门下？

我不知道，应该是正门。

海洋发来微信，他们在体育馆门口的咖啡厅里。

李志有张专辑叫《F》，二〇一一年发行，我听了很多遍。我习惯听完整的专辑，而不是一首首歌，那时候，我发现了李志的好。

李志嗓音沙哑，有口音，不是传统意义上的好嗓子，可是他深情款款。有一种低沉的孤独蛰伏在每一个音符里，重要的是，他和你生活在同一个时代，他所感受的，你也曾感受。

他唱出了城市里所有的孤独。

是的，李志的歌需要一个人听，才好，需要失落时听，才入味，他很少呐喊，最多是戏谑调侃，他只是默默歌唱，像说话，像自言自语，如果你来到一个陌生城市，耳朵里听着李志的歌，坐地铁，乘公交车，和人群相聚散开，你便能感受到，每一个人都在漂泊与奋斗，每一个人都有孤独的时候。

他唱了很多城市，南京、郑州、成都，唱了很多条街道。居庙堂之高的人可能不会爱李志，处江湖之远的人也不会爱李志，只有沉浮在路上的人们，才知道，这是唱给自己的歌。

司机终于找到了大门，停下车，雨还在下。年轻人一撮一撮聚在一起，小雨淋不到他们。

咖啡厅里，大家都在，海洋一个月前从网上给大家买了票，丁老师也来了。吃了一个三明治，开始入场。坐下来，一个大屋子里，坐了千人，三个小时后，各自离去。

李志上场了，黑色 T 恤，微胖，走到了舞台中央。

我没有找到独自听李志的感觉。录音室专辑里配乐没有现场这么抢镜，吉他声和鼓声压过了李志的声音，孤独，怎么能现场展露呢？

现场最动人的是《这个世界会好吗》。

"妈妈 / 我会在夏天开放吗 / 像你曾经的容颜那样

妈妈 / 这种失落会持久吗 / 这个世界会好吗

忘记一些隐秘的委屈 / 在回头观望的时候迷失了自己

我的正在老去的身体 / 从某一天开始就在渐渐失去

妈妈我爱你"

"妈妈我爱你"，唱出这一句的时候，我差点哭了。

大家都在等待合唱曲目，《关于郑州的记忆》终于让所有人如愿以偿。我不会唱，但我听到上千个声音混合在一起时，也感到兴奋，这就是演唱会的秘密，如果一场演唱会（演唱会而不是演出）没有合唱曲目，是没有人能感到满意的。

当声音汇聚在一起，歌声有了力量。

终于，散了。我们一群人去吃饭，在八卦岭的一个大排档，酸菜鱼，还有小龙虾。这是我吃过的最好吃的酸菜鱼，夜已经深了，可是我一点也不想回家。

落雨

　　醒来的时候还是晚了，抬起头，外面还下着雨，那就下午再去吧，这么想着，翻一个身，继续睡。睡得很轻，总是醒，然而脑子昏昏的，看时间还不到中午，便继续沉到枕头里，似睡非睡地做一个梦。

　　梦醒，然后上路。

　　雨还在下，我撑着伞默默走，听歌，和世界隔绝，然而隔绝不了，风吹着雨斜，虽不大，却正好可以打湿衣服，可怜我没有预测好，穿一件短袖便这样出来了，又湿又冷，鸡皮疙瘩阵阵竖起来，抚平，还是要竖起来。又穿了一双露底的鞋，走着走着发觉湿了，没有办法，已经出发，只好继续向前。有一种自觉是逆境的隐隐快感，湿漉漉地贴在心上，也是冷的。

　　我几乎想要扔掉伞，脱掉鞋，直接走到雨里，全湿和半湿，倒不如湿个彻底，书上说淋一淋雨对身体还有好处，只是落汤鸡一样坐到车上，肯定更不好受。我这么想着，可以听到雨落在头顶的伞布上，像蚕食，此外则无声，视线里几个人零落的和我一样瑟缩着走，没劲透了。

天空厚厚的积雨云黑压压，翻滚、迁移、荡散，妖气十足，雷也不打一个，闷着，像小姑娘憋了气委屈地哭，没完没了，没因没果，坏了情绪，关键是鞋子已可做舟，嗒嗒嗒嗒地踏着步，后跟扬起的水把裤管濡湿，抬脚都变重了。

我还是喜欢疾风骤雨，雷雨交加，大暴雨。要不然就是润物无声的细雨，地面或干或湿，没准儿一会儿就出太阳。

那是一天早上，黑乎乎的，就给叫了起来，奶奶说该上学了，一看钟，果真该上学了，可吃了稀饭，天还是那么黑，而且没一点要亮的意思，风呼呼地响，雨落在地上溅起水花来，卷着树叶，大苦栗树的树枝也掉在地上。这种时候要么什么也不知浑浑噩噩地睡觉，管它洪水滔天；要么弄点吃的，隔着窗看，也是难得的风景。可是我要走到里面去，不知道怎么会那么恪守规矩，就是不敢迟到。幸亏离学校不远，走路不过一二十分钟，但不能走小路，那里有一个小湖，肯定把路都淹没了。

终于到学校，一看，也是黑灯瞎火，而已经到了平时早读的时间，走进教室，却是一番新天地，顿时给吸引住，到现在也忘不了。住校的同学多半都来了，没有电，便点蜡烛，桌子上、地上，荧荧的黄色的火一星一点地照亮整个教室，暖暖的。陆陆续续人来得多了，每人都点蜡烛，桌子上放一根，照明，地上放一根，把鞋子脱下来烤，没有人读书，老师也没有来，就这么聊着天，烤着衣服，窗外风雨如晦，与我们则没有干系了。后来天当然还是亮了，虽然我们是不希望它那么快亮的，老师也来了。我们把蜡烛点到了第二节课，电来了，只好吹灭，一切就恢复到从前，只是鞋子还没干透，家远的到现在还没有来。

至于太阳雨，小时候见得多，大人们说这种雨淋在头上会长虱子，当然是指女孩，与我们这短毛小鬼没关系，可课堂间，还是要出来跑一跑，似乎她们也不怕长虱子，至于最后到底长了没有，我到现在也不知道。只记得大家追着跑，没目的的，就有那么欢快。不过虱子我大抵是见过的，只是记不起它长得什么样了，我的记性坏得很。那是更小的时候，大约是没上学，外婆让我给她找虱子呢，在头发里，逮住了，一掐，细细的爆裂声，是白色的。

思绪在回忆里打转，像打在窗户上零落断续的雨珠。我随着车身摇头晃脑，冷得要命。傍晚回来，一下车，把鞋子袜子一把脱掉，好好接触接触大自然，一路走回住处，雨也默默停了。

江西话说"落雨"，音节短促，舌尖打个卷，雨就哗哗下了。乡村野地，一阵风来，大人小孩夺路狂奔，扯着嗓子喊，"落雨豆……落雨豆……"那个"豆"字拉得长而婉转，像远古的暗号，引得所有人狂奔，跑回家要收衣服，豆酱，花生，还有紫黑的油菜籽……

骤雨乍来，尘土一起，满世界都是尘味，恍然有股闷热，直冲进口鼻肺里。

小孩子高兴，满世界跑，高喊"落雨啦落雨啦"，要狂欢一样疯，家里大人叫回去收东西的眼巴巴望着他们叫跑，真是羡慕，手里攥着蛇皮袋的口沿动弹不得，只好将心跟着他们一起，等大人喝一声"满了"，才回过神，悻悻地换一个袋子。

杂声一股脑扎进耳膜，除了人声，各种器具碰撞在一起，声响极大，竹子扎的扫帚急急地在水泥地上扫，稻子推拢成堆，留下波浪形的线纹；用油漆桶改造的簸箕摩擦地面，像粉笔冷不丁划过黑板，激起一身鸡皮疙瘩。协作间的说话，急促的脚步，谷物落入蛇皮袋里的满足声，此起彼伏。

惊雷乍响是春天，各路新鲜热闹，雨也可爱有童趣。夏天不同。

黑云滚滚，翻江倒海，闪电裂开，雨唰唰地往下砸，瞬间风起雷鸣。外婆刚给门换了新纱，是铁的那种，细密的正方形小格子变成天罗地网，阻挡苍蝇蚊子各种昆虫。我和外婆还有弟弟在纱门里面，风雨在外面。

世界暗了，只有纱门打通一道光。外婆不知在缝衣服还是剥花生，坐在靠门边的小椅上，低头干活，不说话。弟弟还在睡觉，侧着身，半边脸上压满印痕，是席子的纹络。我在干什么，恁是记不起来，可能是啃着铅笔写作业，电视是不可能看的，这样的大雨一定会停电，也可能坐在席上独自玩"打子"（抛起五块小石头又接住的游戏），或者用粉笔在地上胡画，总之是很默然的。

　　时间向晚，雨却没有停的意思，屋里越来越黑。院门口姚伯伯家那棵板栗树断了一个枝丫，落在地上，红色、白色的塑料袋漫天打转，黑色的四个大字"生意兴隆"里开始积水。心里隐秘生出快感，不动声色地发泄在遮天蔽日之风雨中，原始的喜悦迫不及待地流露。这样的风景何等令人着迷，神秘，暴烈，使人敬畏而又兴奋，想要冲进雨里。

纸笔珍重

　　我四岁的时候上学前班，老师布置作业，抄写字母和数字。晚上回家端端正正坐着写，极认真，下笔用上全身力气。作业写完，封面上"姓名""班级"和"老师"三栏却空白，我不会写字。老爸来帮我，一笔一笔都是我不认识的，我的姓名。我第一次如此郑重地看着它们被写出来，抢过笔来按着老爸的字迹在另一本上照葫芦画瓢。一横一竖，郑重其事，然而一个"魏"字却无论如何也写不好，急得冒汗，用更大的力气把纸写破了，也写不好。后来直到二年级我的本子姓名一栏上都写着"未小河"，未来的"未"。

　　我八岁的时候上三年级，寒假的语文作业是抄写书本后面的生字表，一个字抄一面。过完年，大人们都去工作，远行的也都已远行，我把作业本从书包里翻出来，搬一个方凳，搬一把靠椅，坐在院子里的橘树旁，撑着脑袋抄生字。太阳很暖很暖，我想睡觉，想看电视，想出去玩。然而第二天就要开学了，我拼命写，拼命写，写好的本子放在脚边，写得用力，看上去像一个个受伤的战士，静静等待胜利的消息。

我十岁的时候上五年级，成绩已经开始下滑，语文考试写作文，四百字，抓耳挠腮写不出来，老师在桌子间的过道来回踱步，我看着她的眼睛和马尾，更着急得写不出来。时间逼着必须得写，硬着头皮也要写，用力，卷子的背面摸起来凹凸不平，像浮雕。语文老师左看看右看看，把我的卷子拿起来，我把"腾"写成了"滕"，我红着脸坐着，直到打铃。

我十五岁的时候读高一，开始写日记。我写老师的坏话，写自己不努力很该死，写莫名其妙的忧伤和烦恼以及一个个已经消失不见的人。同桌说我的字太丑，我写到了我的日记里，"我的字太丑"，有人送我字帖，我想我的字会变得好看，可是没有，"太丑"的字迹依旧活跃在我的日记里。

我十六岁的时候已经写了两本薄薄的日记，字迹还是很丑，写字还是很用力，像要戳破纸张，右手中指末端抓笔的地方起了茧。我喜欢写字的这种真实感，因为笔和纸的摩擦产生一种特殊仪式，安详，美好。我曾在日记里写道，我会一直写下去，用笔。我还说用电脑敲字太无感，脑袋空白，根本写不下去。我相信纸和笔，就像相信这个世界是美好的。

我十七岁的时候还在写日记，只是心境不同，写的内容也不一样了，同学看了说好，我很开心，除了字丑一点。我也总抵不过别人的嘴，就重新去买一个本子，在晚自习的时候慢慢誊抄，抄着抄着又歪歪扭扭不像话，也只得这样了。脑子快一点笔就跟不上，字迹看着就更潦草，我性子急，写着写着就恼了，但我觉得这是可以克服的，我写慢一点就是。

二十岁我在一个网吧里，和一个朋友一起把我本子里的一些句子打成电子版，时代趋势，我开始写日志，开始渐渐能够面对电脑思考，渐渐习惯和忘记灯下的笔和纸。我发现打字的好处是快且整洁，解决了我字迹潦草难看的麻烦，也易修改，易统计字数。于是，我慢慢不再手写了，不写作业，不写卷子，不写日记。

今年，我和同事们闲来无事，写诗，在纸上写字，并且送人。最近，我重新写日记，发现我已经不习惯手写了，但又重新发现手写的好，比如郑重其事，比如需要耐心，比如更专注，比如更有质感，更能感受时间，更适宜回忆往事。

那么，你还在用笔和纸写字吗？

第五章
深潭记忆

这是一口井的深处，一棵树的根。

　　我小时候很混沌，什么都不知道，一不留神竟然也不清不楚地长大了。长大和变老一样，都是时间从你的身体里面流过。关于人生我有这样一个比喻：人是一根水管，时间一刻不停地从你身体里流过，但它不是无穷无尽，流干了，生命就终结了，这根水管宣告报废，可以敲敲打打被送进废品收购站，而那些经过你的时间早已在下游积水成潭。

　　每一个人都抱着一眼深潭，幽幽地发光。其中一些迅速蒸发，而另一些凭借某种仪式可以存得长久一点，这种仪式包括照相、录音、故事和文字。它们抓住时间，抓住那些久远的一直沉在潭底的冰寒。

　　即使你没有变成一根废管，水也不可能倒流，这是一件很悲伤的事情，管子和水一起悲伤。

祖父的葬礼

　　祖父去世的那一天，太阳很大。我走在石板小路上，听见自己扑通扑通的心跳，额头满是汗珠。那是午后，整个镇子的人都睡着了，我攥着一条重要消息，惴惴不安地赶去姑姑家。

　　一个小时前，祖父躺在床上，开始打摆子，我躲在大人身后，悄悄往房间里看，祖父的衣服被脱光了，他说热，然后他们又给他盖了四床被子，他说冷，他一会儿热，一会儿冷，就是这个时候，我被叫去给姑姑报信。

　　敲门，停顿，无人回响，我转到后院又转回来，继续敲门。门非要敲开不可，我得带着姑姑回去复命。祖父不行了，他们说。

　　我是个报丧人。我知道自己正在参与一件重要的事情，但是我对于事情本身毫无知觉，我知道祖父要死了，但我并不知道死意味着什么。

　　姑姑说马上就到，让我先回去。我一路小跑，穿过菜地，穿过石板路，跑进院子，推开门，一切都变了。祖母坐在地上，两只手拼命地捶地，头上的篦子掉了，眼镜也掉了，她像疯了一样大声哭喊。其他人也在哭，所有人都在哭，他们用哭声告诉我，祖父真的死了，不会活过来了。

祖父家在离外婆家十公里外的另一个村落，也许因为山上的石头是红色的，这个地方叫作赤石岗。祖父并非本地人，他从安徽来，20世纪60年代初，安徽饥荒严重，年轻的祖父跟着乡人一起来到江西，成为林场工人。

祖父很能干，人很好。在祖父去世后的几年里，我听到很多人这么说。但在我的记忆里，祖父总是躺在病房里的白床单上，消毒水的味道围绕着我们。我能记得和健康的祖父相处的事情，只有几件。

小学二三年级的暑假，我总是被接到祖父家过上一两个星期。我不喜欢住在那里，不自由，他的规矩比在外婆家多很多，吃饭有规矩，坐有规矩，站也有规矩，他很严肃，不爱说话，房间里总是安安静静的，我也没有玩伴。我喜欢祖父的邻居，我常会偷偷跑过去，跟他们撒娇，逗乐，他们给我吃花生米，笑得很开心。但只要一回家，我就老老实实一动不动了，该吃饭的时候吃饭，晚上吃完饭就看电视，黑白电视，只有一个频道，先是地方新闻，然后是新闻联播，然后是电视剧，两集，放完就九点钟了，祖父宣布关灯睡觉。

有一天晚上，我发烧了。祖父不在家，祖母请了邻居来看，摸摸我的额头，用湿毛巾敷着，还是烫。祖父回来后，立即背我去看医生，我们走在夜晚的土路上，没有路灯，只有星光，他好像跟我说了很多话，我都不记得了。我只是一直记得那件事，他背着我在夜里去看病。

又有一天傍晚，他说要去买西瓜，带我一起。平常卖西瓜的都会拖着板车一个村一个村地叫卖，人们都这么买瓜，但祖父要去瓜农的家里买，这样更便宜。已经吃过晚饭，我们一前一后结伴去买瓜，很快就到了那个村子，他们是本地人，家家种瓜，非常壮观地堆在堂屋里。一到那儿，人家先"杀"了一个瓜，分给我们一人一牙，吃完了，才给祖父选瓜。最后装了一个蛇皮袋，我们满意地回家。

另外一个暑假，他在省城找了一个工作，接我过去玩，那是我第一次去城市，很多事情都不记得了，只记得一些模糊的影子，坐轿车，乘电梯，去公园，我记得公园里有很多孩子，很多气球，很多高级的娱乐设施。祖父骑着自行车带我兜风，我的脚伸进车轮，卡住了，哭得很悲伤。

祖父被查出患癌症的时候，我大概读到四年级了。我并不清楚癌症是一种什么东西，但是我知道祖父病了，而且很严重，严重到父亲竟然在不是过年的时候回来了。

那是一个下午，我正在上课，突然发现外婆出现在教室门口，她和班主任说了几句话，我就被叫了出去。她说，你爸回来了，接你去看你爷爷。

父亲在路口等我，他身旁还站着一个人，他说这是老家的姑姑，专门来看望祖父的。我抬头看了看这个陌生人，不知道为什么会突然多出一个姑姑。接下来的事情更让我大为吃惊，父亲为了赶紧接我到镇上的医院，竟然包了一辆班车。那辆汽车只有我们三个人，当然还有司机。车速比我任何一次都要快，所有窗户都开着，风灌满了车厢，黄昏也在摇摇晃晃。汽车发出巨大的噪声，我们没法说话，就坐着，在噪声中沉默。

我已经不记得汽车到达终点之后发生了什么。总之，从我坐上这一辆灌满风的汽车开始，祖父便住在了医院里。

那是镇子上唯一的一家医院，主要建筑只有一栋，三层，虽然不高，但很长，也许是我那时候小，所以觉得长。医院的室内装修风格保留着 20 世纪 80 年代的青白色调，消毒水的气味散布在每一个房间。

急诊室在大门口，有很多人漠然地坐着，有很多人在哭。住院部在二楼，那里相对安静，一个镇子并没有多少人需要住院，条件好的会去县城去省城，条件不好的就直接回家。祖父为什么会在镇上的医院待了那么久，我并不清楚，也没有向父亲询问过，祖父去世后，大家每年都会去上坟，但一年一年，我们从不会谈论祖父生前的故事，只是被教导跪在墓前，烧纸钱，看着烟灰飞扬，喊"爷爷快来收钱"。

自从祖父住进了医院，我好像就没有和他单独相处过。

那时候我还在外婆家读书，因为祖父的病，我被要求每个星期六早晨独自坐班车从外婆家来到镇上。这几乎是我那一年的生活规律，我被外婆送上车，她嘱咐司机照看我，我不好意思地低着头，希望找个位置坐下来。半个小时后，我到了医院，但是我不会直接去祖父的病房，我等着，我坐在医院的花坛上，看人来人往，看树叶掉下来，我等着，等着祖母、姑姑、堂弟们来了之后，我才上去。

我不知道如何面对病人，不懂得表达关心，不懂得说话，虽然我来医院的名义是看望他，但是我从来只是站在病房的一角。

父亲跟着风水先生去八宝山，已经好几次了，都没有找到合意的地方。最后选定了一块山顶空地，虽然石头多，不好挖掘，但总归视野、风水不错，事情走到这一步，总要决断。

选定墓地，定好墓碑，在院子里搭好灵堂，请好宾朋，葬礼就开始了。葬礼是热闹的，院子里挤满了人，大家带着钱，带着花圈、被子和床单前来悼念。我守着棺材前的一盏油灯，它不能灭，要连续点上三天三夜，然后，殡仪队会奏响乐曲，请来的亲朋会抬起棺木走出门庭，走上街道，走到那个选定的坟山，爬到山顶，把祖父放下来，放进去。

这之后，父亲重新出去打工，老家的亲戚渐渐离开，房子空荡，祖母偶尔哭泣，我在这个夏天做了一个选择，决定了我后来的生活，甚至决定了我生命的底色。当然，这是我当时不知道的，当时最主要的事情是祖父去世了，而祖父的去世之后，大家重新调整了家庭结构。

我没有独自去过他的坟前。即使他已经去世这么多年，但我依旧记得那个半夜背我去看病的祖父，他的后背那么坚实，他的脚步那么铿锵有力。

海边的城市

广州

父亲一直在广州番禺一家电子厂打工，翻新电脑屏幕，工作数年，除了经验，还存着未消散的野心。那时他下定决心要赌一把，辞了职，租了房子，自己单干。他算包工头，手下有十几个人，有单子来，一块儿干活，戴着口罩提着钻头进工作间，尘土飞扬，挥汗如雨，没有活，聚在一起喝酒打牌。

暑假里，母亲来家接我去广州，那是我第一次离开江西去别的省份，下火车，父亲在出口处等着，我憨憨的不怎么说话，心里高兴。

广州很大，一切都很大，走到马路上，车子往来不息，我跟着父亲，他的背影也很大。我们坐上一辆公交车，有空调，窗户是整块的不能打开，上面贴着广告，喇叭里一个女人的声音报站，粤语、英语、普通话，我都听不懂，我当然听得懂普通话，但是我听不懂地名，我不知道我在哪里。

我们换了好几次车，目的地是番禺区大石镇南浦西一村。南浦是一个岛，四面围着河，河连着海。到岛上，要经过一座大桥，那里是一片小区，然后再往西，往西，车子到集镇，停下，再转摩的，三个人靠在一起，两边是农田，南方的农田，树也是南方的，肥厚、宽大，大概十分钟，终于到了村子。

与老家不同，这里是渔村，两三层的楼房藏在树与河之间，河里还有小船，树枝茂密，水清凉。

这显然不是城市，但我并没有失望，我很喜欢这个地方，安静、葱郁，没有烦恼。我早晨起床后，骑自行车 20 分钟，到集市上买两份肠粉，高高兴兴回家，一边看电视一边吃。白天没事，四处逛逛，在河里船上划水，去摘邻居家的阳桃。晚上，去集市玩，吃夜宵，无聊也热闹。西瓜叫黑美人，椭圆形，表皮发黑，切开来，一片血红，籽又大又黑。还有荔枝，新鲜的荔枝让人停不下嘴。

父亲带我去野生动物园，有时候也带我去城市里转转，我注意到有人在路边发传单，我都接住，我以为这是给我的礼物。吃肯德基，要一个汉堡和冰激凌，他不吃，看着我吃。我们坐着，话也不多，在吵闹的人群中，我感觉到了城市的不一样。我隐隐发现，我并不那么热爱它，但我喜欢这些和父亲一起生活的时光。

因为外出打工，父亲在我的生活中一直缺席，他只出现在过年前后，带来礼物，带来压岁钱和新衣服，带来一整年的想念，然后离开。他没有参加过我的家长会，没有见证过我的毕业典礼，没有告诉我一个人该怎样长大。我只记得他是无所不知的，他知道树的名字，知道要去哪里，知道所有人，知道世界在发生什么。很多年后，我和他一起走在路上，我问他，这是什么树，他回答说不知道。另一种呢，也不知道。我才明白，父亲不再是无所不知的父亲了。而在那个暑假，我依然相信他是无所不知的，我依然相信他是英雄。

珠海

依然是那个暑假，父亲的队伍决定移居珠海。一天夜里，我和母亲被安排坐上一辆卡车的后排座位，父亲坐在副驾驶座，像电视剧里的人连夜撤走，我们也这样穿过高速公路和大桥，一路开向珠海。

到珠海，仍是住在一个村子里，叫作夏村。村子有拱门，父亲租下了一栋3层楼的别墅作为所有人的宿舍。安顿好我们，父亲还要去广州办事，把其他人带过来。我和母亲两个人每天在村里的一家小饭店里吃饭，点两个菜，一个油淋茄子，一个麻婆豆腐，就这么吃了好几天，直到父亲回来。

父亲回来后，带我们去海边玩，那是我第一次见到海。我们坐公交车到海滨浴场，有好多好多人挤满了沙滩，我看着眼前的景象，没有半点惊喜，海风吹到身上，也不舒服，黏黏的，不干爽。我更喜欢另一个目的地——珍珠乐园，这是一个游乐场，很大，我们在里面玩了一天，坐过山车、开卡丁车、进鬼屋、坐摩天轮。

游乐场里面的食物很贵，中午吃一碗乌冬面，竟然要价 29 元，母亲面有难色，父亲把手一挥，掏出钱给我和母亲一人买了一碗。我因此很感激他，他从不吝啬钱，虽然一路走来，母亲为此操碎了心，但是他仍然舍得花钱。因为他对待钱的态度，我从来没有因为穷而产生自卑，对待钱，也并不那样渴慕，生活才是最重要的嘛！很多年后，他回到家里，自己买菜做饭，配齐锅碗瓢盆，乐于开荤，想法子吃，母亲和他算账，他把账本一推，说要不你来买菜，母亲见势不好，不再追问，他便乐呵呵地端着茶杯去打麻将。

我对珠海的记忆并不深刻，只记得那些榕树有很多根须，长在路旁，而我们总是一次又一次地经过它们。有时候我们打算晚上出去转转，到几里地外的集市上吃烧烤。

除去为数不多的一起出去玩的时间，我每天待在房子里，吃饭，睡觉，看电视。如果我没有来父亲这里，我会一个人待在家里，看电视，睡觉，吃饭，其实是一样的。但终究是不一样，我坐上火车，去了不同地方，见到一些人、一些建筑，认识一些水果，还看见澳门，所谓视野，就是在这样一点一点的经验中积累的，而和父母一起生活的时间，也只有这样一点一点地打捞。

北海

又一个暑假，父亲搬到北海，我也到了这里。和我一起来的还有外婆、奶奶、两个表弟，加上母亲，一行六人从南昌到南宁，再从南宁转北海，一路站票，挤在热气蒸腾的车厢里，人都酥了，有人躺在座位底下，有人霸占厕所和盥洗室，有人坐在过道里，几乎没有一处空地可以藏身，我窝着坐在地上，和其他人分散，各找各的座位，没有谁能管谁。

北海位于广西的最南端，是一个小城，楼宇不高，街面上的车也不多，很适宜居住。父亲在北海租下了一栋房子，共 3 层，有一个小院。那时候，家里人都以为父亲做了小老板，收入应该不错，与往日比，确实也是家里条件最好的时候，所以才把一大家子人都带了来，挤挤挨挨地藏在各个房间里，耗过一个暑假。

那个暑假，我被安排和祖母一起住在一楼，一件黑暗阔大的空房间，放着一张大床，两把椅子，其余什么也没有。我和祖母没有话说，住在一起颇别扭，每晚点着灯，看《三国演义》，她问我中考考得怎么样，我也不答，我是不想理她的。

白天，从地面升起来，到楼顶，有露天阳台，这才活过来。依然是看电视，和舅妈一起去买菜，其余也没有什么事好做，只是待着。有一次，我准备离家出走，带着表弟一直往外走，走过马路，再转弯，走过另一条，这条路以前走过，路的尽头是海。我一直走，一直走，还没有人跟上来，着了急，放慢速度，终于看到舅妈踩着三轮车出现了，叫住我们，请我们吃路边的凉粉，我蹲在地上不作声，看路边的野草，当然还是在太阳落山前回了家，不记得回家后有没有受到惩罚。

父亲终于抽空带我们去了一次银滩，是大众浴场，很快天就黑了，我和父亲在海中站着，等浪冲过来，就跳起好让自己不被淹没。这个游戏很简单，但玩得很开心。我当然吃了好几口水，是苦的，耳朵里也进了水，但是没有关系。

海，隐匿众人。只看见视野范围内，人们热闹地玩耍，在海边，大人也是小孩，处处都听见笑声。哗哗啦啦的海浪打过来，又打过来，我坐在海边，无忧无虑，沙子埋过我的腿，一切都正好。

这个夏天之后，我进入高中，就不再是个孩子了。

广　州

我再一次来到广州，已经是三年之后，高中毕业，人生面临巨大转折，仍然是去父亲工作的地方过暑假。

这一次我独自坐 13 个小时的火车，写日记，不与人说话，刻意保持距离。半夜里，人少了，我发现对面坐着一个少年，十一二岁，我问他去哪儿，他说去父亲打工的地方，和他一起的还有妹妹。他很沉默，没有什么话，若有所思地看着窗外，我也看着窗外，再看看他，好像看到自己。

下了火车，是早上5点，我在速食店里等着，要一杯咖啡，静坐，那时我还没有养成读书的习惯，一切时间都要空耗，看着天一点点亮，灯一个个灭，城市苏醒过来，车流不息。父亲找到我，带我去坐地铁，早上的地铁人很少，一节车厢只有我们俩，冷气倒是很足，我们不说话，好像每一次见面，都没有什么话好说，要过几天，才能回到正常状态。我喜欢地铁，隔绝一切，在地底奔驰。

我们又到了一个村，和上次不同的是，那次是真正的渔村，而这次是城中村。父亲的队伍也缩减大半，现在只有两个人跟他一起做事，其中一个还是大舅。没有独栋的房子，只有一个车库样的敞开式空间，隔了两层，放了几张床，简陋无比。

老式的显示屏正在被淘汰，液晶显示屏已经开始普遍使用，父亲的生意已经进入尾声，马上就没有人需要这些破旧的机器。但是他还是在做这个，这是他唯一一次机会，他开过小饭店，被骗去做过传销，当了半辈子工人，他希望改变，但是很遗憾，一切都不可逆转。

这个暑假，父亲没有安排一同游玩的项目，他整天除了工作还是工作，打磨显示屏外，还需要开着三轮摩托四处送货。而我，和父亲一起。我挺喜欢送货，那让我感到自己在做事情，当时我知道高考考得一塌糊涂，未来是什么样子，谁也无法料定，我给往日的朋友发短信，写很长的话，絮絮叨叨，不知如何是好，但是抬起显示屏，我还在做事。

　　送货的地点，也是城中村里的房子，似乎都是手工作坊，我们从三轮车上卸货，一趟有四十个左右，父亲从车上递给我，我抱着它们进入别人的仓库，放进泡沫框架里。

　　高考分数出来了，我远不及分数线，在小网吧里胡乱填了几个志愿，也没有告诉父母。我们很少谈到这个问题，只是不停地出去送货，他在前面开车，摩托的引擎声音盖过了说话，我们静默地同在一辆车上，往前开。有一天晚上，送完货回来，路上一个行人也没有，父亲开得快，我站在后面的斗篷里，感受风，感受不安，那就是青春的苦涩。

　　有一次，父亲骑着三轮摩托撞到了一辆轿车，打电话给我，让我过去取钱，赔给他们。我一路小跑赶到目的地，看到父亲疲惫地站在陌生人群中，这是"两个阶级"的碰撞，我清楚地知道，父亲尴尬地站在那里，不仅是因为擦坏了别人的车，还因为他开的是三轮摩托。这是活生生的碰撞，碰撞到虽然在这个城市，但是和你不在一个世界的人，那种感觉肯定不是滋味。那天晚上，父亲回来后没有怎么说话，我也没有怎么说话。我们可能都在想着未来，而未来又要怎么办？

　　父亲决定放弃打磨显示屏，去开两元店。那时候，老家出来的一些叔叔开两元店赚了不少钱，父亲动了心，准备和大舅合伙，再干一场。暑假的最后几周，我和父亲坐公交车去不同的城中村看地方，他开始咨询我的意见，把我当作可以探讨未来的对象，而其实我还没有准备好成为一个大人，我只是跟着他四处跑，这里看看，那里看看。

　　在我回家的最后一周，终于选定了地址，就在距我们之前的住所10分钟路程的另一个村。解决完营业执照的各种问题，开始装修，进货，然后开张。我们买了两个音箱，一遍一遍地放音乐，小小的店里，挤满了人，一直营业到晚上12点，我负责收钱，找钱，收钱，气氛很欢快。关门后，我们去附近吃了一顿夜宵，一个新的事业就要开始了。

　　可是当第二年暑假我再次回到这里时，已经是另一个样子。我从地铁口走出来，看见父亲穿着红色T恤站在路灯下，老了许多，精神也不如以前好，大概是累的。我们还是不说话，他走在前面，我跟在后面。

　　到了那个店，店面还是那么大，但是货架旧了，门口的招牌也旧了。父亲已经不顾店，生意太差，他另找了一份工厂里的工作，店只靠母亲和大舅撑着。我来了之后，母亲也另找了一份工作，看店的工作交给我。

那是真正无聊的夏日，我每天上午九点把店铺的卷帘门拉上去，坐在门口的收银座位，发呆，听马路对过两个超市报今日特惠的。等到中午去对面一家快餐店要一份排骨蒸饭，下午大舅接班，我则四处去转转，或者进网吧上网。

这样过了一个多月，我打道回府，回到我自己的生活里，上学，成长，荒废。父亲和母亲在一年后把店面关了，和以前一样，也是亏了。他们回到老家，回到已经十几年没有人住的宿舍楼，在附近的工厂里上班。

现在，我在深圳，又一个海边的城市。我也有了深圳的海，人满为患，像深圳的地铁，像生活本身。父母和我换了位置，我不知道我会在这个城市待上多久，但有一点是很像的，不停地迁徙，不停地换工作，不停地努力，幸运的是，我没有一个儿子，需要在暑假时投靠我。

爱笑的母亲

那一年我十四岁，中考不顺利，面临人生第二次重大抉择。第一次是小学毕业，决定了初中三年在哪里生活，事后证明那个决定并不高明。这回，父亲问我要复读还是出去打工，我慎之又慎，选择了前者。我对读书并不热切，但对去工厂十分恐惧。我的父母是工人，从来都是，我知道做工人的苦处，我不愿意。

因为选择复读，母亲从工作了五年的广州某电子厂辞职，回到老家和我一起生活。我也从寄居了三年的祖母家搬出来，重新回到自己的家。

这是一片风沙很大的空阔之地，离最近的镇子还有几里路程。20世纪90年代初这块地被规划为经济开发区，父母所在的工厂迁到此处，父母也跟着搬来，开始新的生活。他们当时无法想象工厂仅在几年之后就进行了改制，那时候一切似乎都还欣欣向荣，马路修好了，宽阔大气，叫作"十里大道"，马路附近的员工宿舍楼也修好了，空间虽然不大，但我们家终于有了自己的房子。

我们的房子在5楼，最高层，是别人选择后剩下来的位置，但是我却很喜欢，站得高，可以看到很远，远处的水塘，里面有人游泳、洗衣服，还有山，层层叠叠被云遮盖，汽车从远处驶来，行人是一个个小点儿，到了夜晚，路灯点亮，黄色的灯光一直延伸到视野尽头，安静得美。

6岁之前，我就生活在这里，父母在厂里上班，我在厂对面的幼儿园里上学。放学了，父母在家里煮好饭，趴在阳台上看着我慢悠悠地往家走，和我挥手，我装作没有看见，继续研究高年级学生们手中的弹弓，他们在打玻璃瓶。不上学的时候，我跟着宿舍楼里的孩子们一起去探险，到很远很远的砖厂玩捉迷藏，到不远处的干涸水塘里挖蚌壳，也和他们一起翻墙，被大人们提溜着耳朵回家，哭声一片。那是一段模糊却有趣的记忆，所剩不多，但每次回想起来，仍然觉得温暖。

我长到6岁，上一年级，父母下岗外出打工，我被送到外婆家，然后是祖母家，再也没有和父母一起生活过。兜兜转转，一个6岁的孩子长成了少年，我重新回到家，回到母亲身边。

我有一张母亲的照片，她穿着蓝色旗袍，短头发，那是她第一次出去打工，和同事们一起在公园照的。那张照片里，母亲年轻、美丽，微微地笑着。据外婆说，母亲年轻时，是有不少人追的。不过母亲平日里给人最深刻的印象，不是美丽，而是笑声。外婆、两位舅舅都是逗乐的能手，母亲似乎也得到了家族基因，只是随口说几句话，也能引得旁人哈哈大笑。她是一个快乐的人。

　　当然母亲也会发愁，最愁的就是整个家业。她希望父亲和她各自安分，在工厂里老老实实工作，赚份辛苦钱，也能活下去。但是父亲不答应，父亲有抱负，想做成一些事情，只是每一次都不怎么成功，家里没有积蓄，她每每难过，也会落泪。父亲欠钱最多的那几年，她的头发很快白了，那些日子，母亲确实是很煎熬的。

　　然而，在具体的生活中，她会很快忘记烦恼。母亲最大的爱好是看电视，她自称是个电视迷，但是一个演员的名字也记不起来，每次和父亲争吵，不服输，把我抓来做裁判，判定她输了，她也认，但是下一次还是乐意和人打赌。这其实是她和父亲的一种游戏，每次为了一个电视演员，我们家都要上演"大战"，而笑声也因此连绵不断。

　　母亲是个简单的人，她会因为电视里的故事而流泪，却不会处理复杂的人际关系，她从来没有野心，不指望暴富，只希望一家人快乐地生活，但仅是这个愿望似乎也不容易完成。小时候，她和父亲离开家，打工十几年，后来他们陆续回到家里，我却离开了。仔细算算，我们三个人一起生活的日子林林总总加在一起，不过三四年。

　　14岁，当我终于失而复得回到了家，找回了母亲，高兴极了。我开始做饭。每天放学后，先去菜市场买两个菜，回家烧好，然后骑车去母亲上班的工厂门口等她。虽然只有几分钟路程，但是我还是乐意来接她，她看见我，笑得开心，我也是。

我从旧书架上翻出一本父亲从前看的菜谱，按着上面的方法，做油淋茄子，做豆腐，做土豆片，我们几乎不买肉，常常饭桌上只有两个素菜，然而一边吃饭，一边说着彼此白天的见闻，谈到好笑处每每喷饭。

大体来说，和母亲的相处，总是充满笑声。然而我们也时常吵架，吵架就是吵架，很难回忆起缘由。每每动了干戈，便互相不说话，我脾气很不好，又倔强，她也倔，彼此僵持，有时候好几天都互不搭理，若有事传达就写纸条放在客厅的桌子上，互相看到，知道要做什么。现在想起来真是好笑，但那时候一点也没觉得。母亲一点也不权威，甚至一点也没有觉得自己权威，她一直像个朋友，像一个和我一样的人。

出来以后，我并不常给父母打电话，但每次和母亲说上话，都很开心，她不大过问我的生活，大概是觉得不好意思。她会不停地说最近遇到的趣事，还会让我为她主持公道，我故意不向着她，引起她新一轮"攻击"。我知道，就算离开再久，我和母亲也能立刻回归昨天才生活在一起的状态。

母亲其实一直都是一个孩子，她笑着对待这个世界，毫不设防，幸好有父亲，帮她解决了所有问题，她不需要弄懂这个世界是怎样运行的，我常笑话她"脑容量太小"，但我知道，她很快乐，很快乐，这就够了。

消失的小姨

小姨自从 7 年前回过一趟家，就再也没有出现过。没有电话，没有地址，没有音讯。

小姨是外婆最小的孩子，她比母亲小 10 岁，比两个舅舅分别小 8 岁和 6 岁。母亲和舅舅可以互相扶持一路成长，但在小姨的成长过程中，只有自己一个。她 10 岁时，母亲已经 20 岁，早已进入工厂开始赚钱；两个舅舅也已进入青春期，与她无话可说。

小姨的童年是怎样度过的，我从来没有听她说过，或许说过，只是我那时还太小，没有记住。但是我收有她的一封信，那是她外出打工的第一年写给母亲的，很多年后，我从家里翻到这封信，就带在身上，那时小姨已经没有音讯，而我一直希望理解她，通过信，也许我能知道她为什么不回家。但是最后，在不断地搬家和迁徙中，那封信丢失了。

我还记得，那是厚厚的七页纸，写满了她的内心世界，她时而责怪外公外婆对她的忽视，时而写到一定要在外面闯出一番天地让外公和外婆过上好日子，她写得很认真，一笔一画字迹郑重，纸面上处处是泪水濡湿的痕迹，那可能是她唯一一次试图和家人沟通，但是我的母亲好像没有回信。

小姨是那种感情丰富却藏在心里的人，她每一次过年回家，一开门，眼泪就直往下掉，不叫外公也不叫外婆，一声不吭地往屋里走，要静一静，才能缓住，然后从包里往外掏礼物，她给每个人都买了礼物，给外公买了鞋，给外婆买了围巾，给表弟们买了玩具。她不会在年夜饭的时候敬酒，不会说祝福的话，但是她爱着外公外婆，爱着大家。

我想，她也是爱我的。事实上，我可以说是小姨带大的。我两岁时，她十四岁，已经不上学了。据外婆说，她的成绩很不好，上学也不用功，到了后期，甚至天天逃学，每天和其他人一样准时上学，准时回家，但是她并不去学校，而是跑到某个小店门口或某棵大树底下待上一天，等着同学下课了，她也往家走。

就这样，她小学毕业就不读了，然而家里也没有什么事可以做，去上班年龄还不够。正好那时母亲把我送到外婆家，她便成了我的保姆。我那时实在太小，几乎记不得事情，只有几个模糊的印象，一个是她在河边洗衣服，我在一旁蹲着，看水里的石头，翻螃蟹；一个是夏天的夜里，山里寂静，天上银河浩瀚，空中有许多萤火虫，她给我抓了好几只。

后来，我读二年级，又被送到外婆家，她带着我玩，给我买零食。那时她已经准备要出去打工，外婆很不放心，可是附近的工厂一个接一个倒闭，外婆已经没有能力帮她找到工作，不能不由着她去。

第一站，她去了上海，家里现在还留着她在外滩照的相片，穿着粉红色的女士西装，有点大，头发染成了黄色，齐耳长度，身后是黄浦江、东方明珠，风吹乱了她的头发，她在笑。

后来她去了厦门、福州。没有人知道她在做什么工作，对于这一点她从不透露。有时候，她说她和朋友一起开了一家服装店，有时候她只是一言不发。不过，她确实很有一些特别的本事，比如坐火车到了省城，居然有朋友开车送她回家。比如在手机刚刚出现的时候，她就拥有了一部，那时外出多年的父亲还在用 BP 机，而母亲只有公共电话卡。

我对小姨有一种很自然的亲近感，在整个大家庭里，她是唯一一个和我站在一边的人，她和我一起不守规矩，和我一起对抗外公外婆，她那时也还是个孩子。

等我逐渐读到初中，读到高中，见到小姨的次数就越来越少。她只在每年过年回来一次，她还是和我亲近，一起去街上买烟花，一起打麻将赢外婆的钱，她仍然爱玩，但是她开始感受到压力，甚至开始和外婆吵架，吵架的原因当然是结婚，外婆要给她介绍对象，她不肯。她也许在外面交了男朋友，但是没有说，我们也没有见过。

读高二的那个寒假，又见到她，她还是老样子，短头发，黄色，爱笑，也容易生气。那时候我正好在长身体，一下子高出她一个头，也开始面临成长中的各种压力和困惑，然而我们之间似乎还有一种默契，我们是一边的。

但是那个寒假之后，我再也没有见过她。外婆给她打电话，已是空号。有时候她打电话给外婆，说几句话就哭了，问她要电话号码，却硬是不给。有一次，外婆接到一个陌生女人的电话，说是小姨欠了她的钱，要还，外婆让小姨接电话，女人说小姨不肯，外婆只听见一旁有哭声。

后来人就联系不上了，直到又一年冬天，我和父母在广州过年，才又接到小姨的电话。她说要坐飞机回家，可是现金不够，请父亲给她打1000块钱过去。我和父亲一起去的银行，汇了钱过去，心想这次家里人终于可以团聚，可是过两天外婆又打来电话，说小姨并没有回家。再按照电话拨回去，已经打不通了。

这之后，再也没有小姨的消息。每年过年，我们都会谈到她，但是每一年她都不出现。原来一个人真的可以这样消失，然而一个人又怎么可以这样消失？外婆计划去厦门找她，可是厦门是她10年前告诉的城市，她到底在哪里，没有人知道。

外婆怀疑她被人贩子卖了去，要不然不会不回家，母亲则猜测可能是结了婚，生了小孩，但是日子过得不好，不好意思回家，舅妈则认为有可能是传销集团控制了她的自由。每年过年，大家围着炭火，猜想小姨不回家的理由，说到激动处，要马上动身去营救，但一夜过去，一年过去，小姨仍无音讯。

渐渐地，母亲暗示我不要在外婆面前提起小姨，大家好像已经决定，假装当她不存在，谁也不去碰这个禁忌。然而那一次，我听见外婆给老家她的姐姐打电话，谈到小姨，哭了起来，我很少看见外婆哭，她性格要强，一般只会和人吵架，要么就是说故事，讲笑话，她活得太热烈了，我从来想不到她会哭。我听见她哭了，本来经过厨房，又退了出来，我知道大家再怎么假装也是没用的。一个人，不可以这样消失。

阿超

我上二年级的时候，转学到外婆家。从此以后，有了一个弟弟。

我的弟弟叫阿超，他是舅舅的孩子。舅舅外出打工，弟弟和我都归外婆带。从我记事起，阿超就成为我的小跟班。

那时他只有两三岁，刚刚会走会跑，我则七八岁，上三年级。每天放学回到家，把书包放下，他就跟过来，和我一起出去玩。我们去村头狗子家的院子里玩跳房子，用粉笔画好框框，分好组，一个一个地来。或者去空地上玩木头人的游戏，学着电视里的侠客，挥着棍子，大喊着武功招式。阿超太小，很容易就摔倒了，哭起来哇哇直叫，为防止外婆听见，我总是一把捂住他的嘴，然后哄着他转移注意力，他很配合，一下子就好了。

有时候，我也会丢下他，一个人跑去跟大孩子们玩，他追不上来，急得哭，也没有办法。然而更多时候，外婆要下地干活，我就不得不带着他。

整个村子，我算是一个头头儿，麾下有十来个小萝卜头，大的带着小的，一窝蜂跑起来，也是很壮观的。

有一次我们决定去爬山，一队人马浩荡出发，穿过菜园，进入山地，来到大坡。这坡极陡峭，是大人们滚木头下山用的，坡的两侧有浅层的阶梯，我们就沿着阶梯往上爬。爬到一半，我回头看见山下有人哭了，这才发现队伍里竟然还有三岁的小娃娃，只得放弃宏图伟业，撤退回府。

回到家，外婆已经准备好竹条，要拿我们是问。外婆若发起狠来，我们身上就要多出一条一条红红的印子，辣辣地疼，但是我们都习惯了，互相对看一眼，吃饭洗澡，好像什么都没有发生。

渐渐地，阿超成了我的好友。他帮我瞒过外婆的眼睛，我们一同出去做了坏事，谁也不许说出去。有一回我带着他跑到几里开外的大坝下玩水，湿漉漉地回家，正好碰上骑车来找我们的外婆，无处可逃，回家又是一顿好打。

整个童年时代，他跟着我上山下河，去了很多乱七八糟的地方，也挨了不少打，我现在还记得外婆用竹条抽我们的腿，我们俩在沙发上蹦跳，滑稽又好笑，但是眼睛里可都是泪水。小孩子是不记打的，反而让我们"作案"更周密，感情更好。

上初中，我离开外婆家，到镇上上中学，阿超也开始读小学。我们渐渐朝着各自的方向成长，他依然快乐蓬勃，我却变得阴郁封闭。

暑假里，我还是会回到外婆家，不过现在我已经没有玩伴，和我一样大的孩子全部离开了村庄，阿超也建立了自己的朋友圈，不必再跟着我四处奔走。

一下子，我自认为不属于此地了。邻居家的房子，我再也不好意思随意出入，我从不主动和邻居奶奶或爷爷问好，我把一切都装进心里，封存起来。

我不大懂得和朋友保持联系，到了一处新地方，从前认识的朋友就烟消云散了，等到暑假回来，再看到，竟然不知道如何打招呼，很多时候，就这样和过去一点一点地告别。阿超则与我不同，他对人更热情，更放松，与朋友可以保持较长的交情，也看重于此。

等我上了高中，阿超也小学毕业，要读初中了。舅舅在我家对面的五楼买了一处二手房，从此，我和阿超又时常见面。高中住校，我并不常回家，回到家，总会和舅舅一家一起吃顿饭，舅舅开始担心阿超的学习，因为他每门功课都不大好，于是嘱咐我给阿超补课。

阿超带着课本到我家来，我用心讲，他似乎也用心在听，但这有点不像我们相处的方式，我还是乐意和他一块玩耍，而不是成为他的补课老师。他并不怎么担心自己的成绩，他一向乐观，吃过饭，我们站在阳台上，看着落日和马路，他说，以后要开好的汽车，我说怎么赚钱，他说，他要开一个养鸡场，这是受舅舅影响，当时他们总是喜欢看中央二套的《致富经》节目，我笑了，说那也不错。

其实我很惊讶，我小时候从来没有想过赚钱的问题，他不仅想了，而且还有方法，虽然是电视上看来的，已经让我觉得了不起。并且我很羡慕他能够大声表达自己的欲望，他说想要一辆车，他就说了，而我在没有十足的把握做成一件事之前，是无论如何不肯透露半点风声的，我害怕失败，更害怕别人知道我的失败。

我见阿超的机会越来越少，不过有一次，我回到家，还是和他一起去做了一次探险，翻进了茶树林对面的一座废弃工厂，走进楼梯，闯进一个又一个房间。其中一个房间亮着灯，床头桌上还放着一块钱，浴室里挂着衣服，好像人刚刚出门，我们面面相觑，退出了房间，回到家。

我一直没有忘记那个空房间，是谁住在那里呢？

等我上了大学，阿超初中毕业。他没有考上高中，舅舅让他去附近的中专读书，我是持反对意见的，我知道那个中专毫无用处，不如上个差一些的高中，到时候再上一个差一些的大学，也是一条比较舒服的路。但是阿超自己不想读书了，他同意去上中专。

这时候，他已经十三四岁了，在中专学校里，过得很热烈，对他自己而言，那一定是青春的释放，他和一些同学称兄道弟，颇有势力。我的青春是很低迷的，哑然的，他则是释放的，激情的。

我大学快毕业的时候，听母亲说，阿超到浙江某厂里实习了，阿超坚持了几个月，还是回来了，他和我都不是那种坚韧型的人，他很聪明，人际关系很好，但大抵不能吃苦。到流水线上工作，他和我都不会同意。

出来工作之后，我几乎从没有给外婆、舅舅打过电话，阿超也没有，有时候，他会在QQ上给我发来几串文字："哥，你在干吗？"我看到了，回答说："上班。"也就没有继续说下去，我不知道如何保持感情，如何聊天。

阿超后来去浙江学理发，在一个店里做学徒，一开始洗头，然后染发，最后剪发，他做了一年多，不干了，回到老家附近的城市，到朋友的店里做事，店不大，轻松。过年回家见到他，已经长得和我一样高，穿着自己买的新衣服，神气十足，年轻的气息，什么都不怕。他大概还没有想好未来要怎么办，乐此不疲地和兄弟聚会，和家人开玩笑，他也继承了家族的乐观、搞笑基因。

可是，少年人也有哀愁。我无意中看到他的QQ空间，看见他也说"烦"，也说"要努力"，只是，对于生活的细节，我们彼此都远离了，我不知道他在烦恼什么，也不知道他如何消解，他也不知道我如何生活。

我时常回忆小时候，那些元气淋漓的日子，可是一晃眼，大家都长成大人，都必须独自面对各自的生活，遭遇不同的人与事，去不同的地方，过不同的人生。然而我知道，有一些东西是不变的，那是我们都要回去的地方。

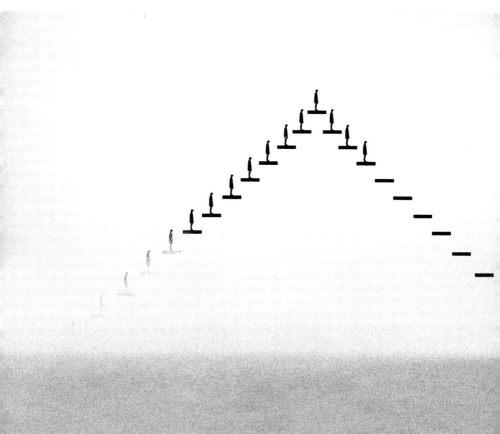

第六章

再也回不去

人生没有如果，过去的不再回来，回来的不再完美……

致已逝去的春天

2011 年的整个春天，我在家里度过，这是一段轻松的日子，没有工作，没有前途，什么都不管不顾，只是闲住。后来，再也没有享受过家里的春天、夏天和秋天，只过年回一趟家，这些悠闲的日子，便显得珍贵起来。

春天全面袭来

愚人节从来与我无关，如今住在乡下，更远离了这些玩意儿。倒是清明要来了，小店门口堆满各种花圈、草纸、冥币等一众上坟所需用品，不再有儿时要一探究竟的热情。

小时候见插在墓地上的花是由人手工折出来的，用染了色的纸，还有竹篾，在一个下午又一个下午的时间里诞生，手工使得这件事仍然显得庄重，需要付出时间精力，不像今天所见一蓬蓬的全是塑料花，劣质而没有感情。纸花插在土里，一场两场雨过去，颜色减淡，慢慢就融进大地，而这塑料，愣是几十年也不见得能够消化，除了变脏变丑，没有办法使它消失，看着它，时间会受到冲击，连带着影响情感。

清明一到，第一道茶可以采了，不仅是茶，所有的树木都开始冒芽，江西最多的树是樟树，若南京满城梧桐为一景，南昌便可以说是满城香樟，在中山路这一带的街道上，一蓬蓬像伞一样的叶子，应该正换着颜色。那种绿，是清新明目的嫩绿，从原来的枝头顶上冲出来，能真真切切地感受到生命的活力。

我家门口有一棵大樟树，正在变色中，而且速度奇快，总让我觉得时间匆匆，想我刚回来时大地肃穆，树木铁青，但现在一看，油菜花开得正旺，嫩芽此起彼伏地攀缘而出，几株桃树亦花开满枝，还有山茶。看来春天已经全面袭来。咿呀。

清明扫墓

说扫，或许不准确，坟山上连路都没有，怎么扫？还是说上坟实在。我们家的传统程序是除草、培土、打扫、烧钱、上香、放炮、磕头然后离开，当然要不时地说话，报告近况，祈求保佑，这一点上我总是被批评。因为实在不知如何开口，只好静默看着。

上坟要上两处，一处是老太——奶奶的妈妈的坟；一处是爷爷的坟。

老太我是见过的，但记忆里几乎找不到与之有关的片段，只记得她每餐都要喝酒。这次清明姨奶奶也来，或许她每年都来，只是这一次我恰好在。只是她的到来，或许说我的存在，让我有些担忧，她的丈夫，该怎么称呼呢？叫姨爷爷？未免太拗口了吧！思索再三，终于还是没叫出口，临场装憨罢了，我一向是如此的。

爷爷在我小学毕业的那个夏天去世，7月3日，我没有哭，只是愣愣地望着他们忙，挤在大人的屁股底下进进出出，不知究竟，没有悲伤，但对于自己没有眼泪，觉得愧疚，被奶奶一骂，立马哗哗流下来，像早已准备好了的。我的印象中他就是一个严肃的人，一个很严肃的老人。想不起他是疼爱我的，或者不是，无疑，我是怕他的，在他躺在病床上的日子里，我会去看他，大概一样不会说话，但对于医院特有的消毒水气味印象深刻，我坐在他的床边，默不作声，等着时间过去好让我离开，我是怕他的。

一共12个人。两个儿子、一个女儿，各自一家三口，还有奶奶和姨奶奶及她的丈夫。我是长孙，在那一年夏天，我捧着遗像走过镇子的大街，锣鼓喧天，没有一点悲伤的意味，大人们联络感情，谈着各自的小孩，从我记事起，姨奶奶的儿子就一直存在于他们的对话中，从学习好，上名牌大学，拿到双学位，然后进入名企，如今结婚。如果没有这么一号人，大概会有另外一号人吧，我想。

三个孙子在坟前烧纸，大人偶尔来，说要言语，至少要请爷爷来收钱，如果风来吹得灰烬升天，便是爷爷来了，我虽不言语，却仍然觉得蛮可爱，因大人们也会说着一些话，并且诚心。

夜声里

初中时住在姑姑家。她家在农垦学校侧门边的一排瓦房里，从前是给学校职工住的，只有6户，在高高的一个山坡上，门口有一棵参天的苦栗树和其他什么树，背后是小山，山上一座男生宿舍空在那儿，静悄悄的。我们曾经翻墙对其进行"考察"，只有坏的水龙头在滴水，大中午也没有太阳。

从街上到姑姑家有很多路。大路需进学校大门再出侧门；小路不少，要穿过各种菜地和小道。清明上坟回来到姑姑家吃午饭，便走的小路，这小路曾经走过很多遍，现在看来也没有变化，从总场的大路下来，一排青砖红瓦的民房，夏天经过这里，头顶上报纸包着一串串见不着的葡萄，没有鸟来啄，懒洋洋的也没有人，狗都不叫，肚皮贴地一边掉毛一边流口水，这时候可以听见嘀嗒嘀嗒的钟声，有时还有谁在断断续续地打鼾。过了这排房，再穿过几块种着时蔬的小菜地，便到了。

菜地旁正好有一方小塘，大人舀水浇菜方便，对我们，却是一个很好的乐园。冬天到小塘边的水渠炸鱼，没有鱼炸水也是好的，看好时机等手里的炮灭了明火冒了一会儿烟，往水里一丢，炸得好便一声如雷，整个水底都搅浑了，若手艺不到家，炸出水花来，便自家回去再练练吧！

夏天钓虾。天黑待晚，放了学便奔向那小塘，可以消耗不少时间。钓竿以竹棍最好，一时找不到，随便什么木枝也凑合。线也一样，从家里不知扯来的毛线就可以，至于饵，便是青蛙。制饵是门残酷的活，把青蛙逮住，狠狠往水泥地上摔，死了为止，然后剥皮，有的一整张剥下来像给青蛙脱衣服，有的却总也剥不干净。露出红白的肉，拴在线头，抛饵入水，万事俱备，只等龙虾上钩。龙虾笨得很，很好钓，不过有一年却不行了，大概是去年钓得太多，数量骤减，龙虾变得精起来，一提出水面就自动放弃美味落回水里去。不过俗话说"道高一尺，魔高一丈"，小网兜继而上场，将咬着青蛙肉的虾一点点朝水面移，另一只手把网从水下朝上赶，待虾提到水面，用力一网，得矣。

　　过了还没发芽的葡萄架，下了泥路，我便看见那塘里一群一群黑东西。咿呀，是蝌蚪。像纪录片里的鸟群，密密麻麻地挨着，不分彼此，去找妈妈吗？不要急，过不了多久，就会长出脚，可以蹦啦。那时，身体的颜色变灰，样子也丑多了，只有大拇指盖那么大，大清早去上学，总能看见马路上密密麻麻的它们，不知要去哪里，可是路途艰险呐。

　　没有死的，其中有一只来我家窗下唱歌了。和周作人先生院子里的那种一样，是咯咯咯咯地叫，这样可以断定是花条纹的了？可惜只有一只，响不起"金属音"，也不似犬吠，只是打破夜的岑寂的一点悦耳声音，我是很愿意听的，不过它一个总是太孤单，叫起来没有力气，断断续续的，尽早找个好姑娘才行。

除了蛙，还有其他偶尔不知什么生物发出的声音，也极动听。

除了这些声音，另有一种沉闷的轰隆声，很细小，像是远方高速公路上行过车辆带起的风声，又像是耳鸣，或者是不远处那一座钢铁厂正在工作？没有办法知道，唯一可确定的只有人声，麻将散场，桌椅磕碰，然后是巨大的脚步，皮鞋和高跟鞋，还有电话突然响起的突兀音乐："我在遥望，月亮之上……"

最后重新回到只有轰隆声和断续蛙鸣的深夜。

采茶

清明前采头道茶，这是我小时候便知道的。曾经一度在姑姑家的小茶园里采茶，说是茶园，是因为找不到更好的词，实际上只有那么一块地而已。众人上场，一下便扫了一遍，倒出来正好两簸箕。

傍晚便回家了，没有看到茶叶的制作过程。我小时候是看过的，在外婆家。自己炕茶必须要烧柴的灶才行，需大锅。新鲜的绿茶送入锅里炕，用手，然后盛出来揉，再入锅，再揉，这么来回几次，最后炕干才算好。外婆是各方面能手，会自己扎笤帚，芭毛芯或者竹子都行，会包粽子，会做衣服和鞋，会用狗尾巴草做小狗，会讲鬼故事。

下午，我和老爸去那片茶花林里找茶叶。据说有人种过，不过现在不要了。那茶树林本来是结茶子榨油的茶树，以前初中班费就是我们一班出动去打茶子赚来的，不过现在已经大规模地被推平，门口这一片也被嫁接成了茶花。花谢得很厉害，茶叶树矮矮地藏在茶树的阴影里，很少，摘了一个小时，不知道有一斤否，却已经是转了一大圈，再也找不到了。还拔了几棵小竹笋，晚上炒在腌菜里。拔竹笋算我小时候一项重要的游戏，和钓虾一样，季节性的，大概是乡村生活的好处吧！

从姑姑家回来的时候，坐在车上看着日头落下，大而红的太阳遥遥晕着山头，山脚一片一片的油菜花，偶尔一片桃花林、村落、草莓大棚。突然觉得，我是越来越爱这片土地。

再也没有过年这回事

——2013 年过年手记

　　我的火车开走了，那时候我正在睡觉，在我台灯底下静静地看着几页书，手机就放在一旁枕头下面，困意从脚底升起，我错过了这班火车。十几天前在网上抢到一张票，夜晚1点，4号。我一直知道的是，我买到了票，时间是子夜1点，我会回家。可我笨得记错了日期，不，不是记错，我知道是4号，是凌晨1点，但我以为1点应该是4号的12点之后，而那其实是5号了。

　　发现这场错失是在5号的早晨。我被闹钟叫醒，按掉它，还来不及穿衣服就想起时间问题，一看手机，错过了。于是，我刷牙洗脸，准备去上班。

　　走在早晨的地面上，天空总是别有晴朗。

　　你知道大叶榕吗？它们现在开始掉叶子了，不知道什么时候变黄的，风都没有吹就哗哗哗地落下来，美极了。20天前，也就是我错失我的火车的那天早晨，他们还是绿色的，静静地立在我每天走过的那条路旁，等我看它们一眼。

我本来不知道这种树的名字，我只认识榕树、樟树、梧桐这几种常见的树木，连杨树和桦树都分不清楚，但是我知道木棉，它们的花和叶子很少见，而且它们身上长了刺，它们很孤独，所以开出大把鲜红的花。

我说过很多次，我读高中时窗户外面有一棵很大的柳树，我坐在教室里歪着头就看见它，它动起来，很温柔。但我看得更多的是窗户的另一边，走廊对面，操场旁边，一排干净的梧桐，他们在春天绿起来的时候，你就知道了，噢，这真是春天。

我刚刚说到了樟树，南昌的树。我爱这种树就像爱我过去的时间。

我记得，那时候我18岁，我从一个陌生的车站上了一辆陌生的车，去一个我不认识的学校，要在那里待上几年。窗户是密闭的，那是夏天，所以空调很足，阳光很足，照在玻璃上被人们用蓝色的小窗帘挡住，我把眼睛穿过窗帘的间隙，看到了窗外的建筑，其中有一幢老旧的楼房，正面大大写着四个字：豫章饭店。豫章故郡，洪都新府……在南昌好几年，没去过滕王阁，大家都说，那是重建的，唐朝的那一个被迁到王勃的文章里去了，所以现实中只能另起一座。

车厢里的人的年龄非常均匀地分布在四五十和十七八岁两个波段，他们都不知道，车子一停，世界就变了，他们不知道。

他们都很疲倦，我也一样，未来很长，你招架不住，只好投降。

汽车没有经过秋水广场，那里有一个音乐喷泉，在几年前相传是全国最大的。很多人喜欢"最"，也许你不喜欢就像你说，我不要长大，但你是人，你总会长大的。就像你说，我不要成熟，但你是人，你总要成熟的。就像你说，我不要变成我曾经讨厌的人，但是你总会变成你讨厌的人的。当然，我说的不一定是真的。

秋水广场在滕王阁的对面，它们中间流着赣江。如同中国许多江河，它是黄的。我们的汽车经过它，走过南昌大桥，走过新建县，走过田野和黄土，走到时间深处。

18 岁时的心情，你还记得吗？我忘了。

我记得后来我去了秋水广场。两次。一次 714 宿舍全体出动跑到南昌去玩，我先去的，和姚磊一起，我想去看看省图书馆，在文教路他买了两本漫画书，我什么也没有买，我走在那条路上已经很开心，那个时候青苑书店还没有搬家，我还很年轻。我没有想在这条路上开一家书店，没有想以后要到陌生的城市去工作，没有想以后会遇见很多很多我所不知道的人，我什么都不想，只走在那条路上，看着它两旁种满了樟树。后来，我在这条路附近住了些日子，每天走过它。

晚上，714 的 7 个人都来了，我们坐的几路公交车已经记不得了，到了秋水广场，看了一会儿喷泉，然后我们回去，包了一个面的直接送到学校门口。我不记得那天我们有没有喝酒，那已经是很久远的事。

另一次，学校广电中心的活动，白天去了青山湖游乐场和象湖公园，晚上到秋水广场。那天，我抽了一些烟。夏涵是个抽烟的女孩，我和她走在赣江边上，她抽一根，我也抽一根。后来，我总是遇到抽烟的女孩。

我们再也没有联系。直到两年之后在一辆公交车上，她把头发剪短了，染成红色，我们打了招呼，谈了些话。她还欠我一本书，一本无关紧要的书，我记得。

车子到站，她下车，我也下车，我们互相说再见。拜拜。

嗯哼，就让 18 岁留在那个时代吧，回到深圳，这一天，我错过了我的火车。

我想，如果实在走不了，就留在这里吧，看一看过年时候的深圳，该是怎样的场景。

我想，其实，我蛮想家的，其实，我不大喜欢满视野的楼宇。

我想，其实，我习惯了。

当你开始要放弃了，往往会迎来转机，我在网上抢到了一张下午三点多的车票，临客，站票，无论如何，我买了。

火车，是一只怪物，我曾这么说过。那是从凤凰回南昌，我困得不行，对面的一对情侣口若悬河，好像我是他的亲人。我把头低下去，在本子上画画，顺便写了那首诗。陌生人之间应该有的关系，应该有陌生人本来的样子。

一直以来害怕自来熟，就像害怕所有比百度还要谷歌的高手，害怕酒棍，害怕半熟不熟的亲戚。

我保持沉默。在车站外面的那片并不干净的草坪上，盘腿而坐，看木心的《文学回忆录》，吃盒饭，看过往的人，看天空，看树，看时间。

当我挤在缓缓流动准备进站的人潮里，我像一条深海里自由的鱼，与我的鱼群一起冲进鲨鱼或者鲸鱼的大嘴。

我拖着箱子，背着背包，我是个返乡之人，并无激动。他们跑起来了，把包裹举过头顶，牵着手，高跟鞋发出尖叫，列车员站在每一个车厢入口处。我也跑起来，我是一个返乡的人，我和他们一样激动。

这个车厢是卧铺改成的，站满了人。头发贴在额头上，背后已经汗湿了。找到一个落脚地，打开我的小马扎，坐下，戴上耳机，不和任何人发生联系。

一个老头，五六十岁，一人，喝可乐，穿皮鞋，局促，喜欢插话，没人理他，他伸着脖子，不知道怎么和人联系，他希望和人联系，他去上厕所，我坐他的位置，他去泡面，我坐他的位置。我和他说了两句话，也许，我不知道他去何方，去干吗，他不喜欢看窗外。

一个男人，穿运动鞋，白色袜子，喝矿泉水，静默。他的女人坐在一旁，后来他们抱在一起，他环着她的腰，他趴在她的肩上，她在玩手机。

一个父亲，他的妻子，他的儿子。他把儿子抱在身上，他的儿子喜欢看窗外，用手指玻璃，问他，为什么火车还不开？他说，就要开了，就要开了。他的儿子说，火车会飞起来的。他说，是的，是的。他的儿子说，火车怎么还不来啊？不一会儿，一列火车从他们的视线中驶过，小男孩高兴地笑，说火车飞过来了。他也笑，他的妻子坐在别的地方，他已经发福。

一个男孩，十六七岁，或者更大一些，没有超过 20 岁，他拖着箱子找了好久，终于找到一个位置。他把箱子举过头顶放到行李架上去，可是手一滑差点砸了下来。旁边的人帮助他，他坐下来，跷起二郎腿，看窗外。

一个女人，脸上有斑，有痘子，头发及肩。她显得很热，我坐得很低，小腿酸痛，抬头看见她在玩手机，非常不耐烦，眼睛时不时地朝一旁瞥，她在找他的老公。他的老公坐在另一个铺位里，来了，牵着她的手，他们说话，家乡话。他们的手上戴着黄色的戒指。

一个人爬上了上铺，蜷缩着，睡着了。中铺睡着另一个女人，她把包枕在头下，睁着眼，不说话，也许在想什么事情，也许在听其他人说话，她静默，有些失落，好像不在这里。

啤酒、饮料、八宝粥……我站起来。

盒饭 15 块……我站起来。

瓜子、花生、口香糖……我把脚别过去，闭着眼睛，半醒半睡。

盒饭 10 块钱……我闭着眼，耳朵里是歌曲，餐车的车轮在我脚边走过。

我站起来，不看窗外。脱掉外套抱在怀里，坐下，把头放在膝盖上，把世界关上。

大家都在说话，汗水干了，又湿了。厕所的味道，进入每个人的鼻子。天黑了，我吃几个小面包，吃口香糖，喝农夫山泉，吃一个鸡腿，把外套抱在怀里坐下，站起来，坐下，站起来，把耳机拔掉，希望和人说话。

轰隆轰隆轰隆轰隆，有人开了窗户，风灌进衣服里，冰凉。我睡着了，也许做了一个梦，像所有的梦一样，被我忘记了。我们驶出了广东，天越来越冷，夜越来越黑，车厢里人人疲惫，我看了一会儿《文学回忆录》，看一会儿《经典常谈》，看一会儿地板。又有一个人找到一个脏的上铺，空出一个位置，那个女人把她的老公叫过来，我去坐了她老公的位置。

我坐在这里，背后没有倚靠，两旁没有扶手，我抱起背包，沉入夜色和白惨惨的灯光。上铺的人打起了呼噜。火车就是这样，一群人以最麻木的表情面对另一群人，他们全然不相识，却靠近得可以看见对方脸上的汗毛，闻到他或她的体味，他们会说话，废话，他们会睡觉，睡不安稳，他们把身体和面孔浸在时间里面。

为了对抗这种虚无感，人们热衷于谈话。对面的那个年轻男人和他旁边的那个中年男人聊起来了，这时候，年轻男人的手正在摸那个女孩的头发，他们说起国际形势，房子，事业，他们都有光明的未来，他们会有的。

女孩坐起来玩手机。年轻男人搂着她，她没说什么。他想抱得更紧一点，她没让。

世界开始以点状出现，时间和事件都破碎，迷迷糊糊地度过大部分时间，天真的冷了，据说南昌零下 2 摄氏度。

到站，下车，出站。我走进这个城市，从地下走上地面，一切都在。一个出租车司机把我的箱子抢过去放入后备厢，他的车里已经坐了三个人，他跟我说去汽车站 30 块，我还价，他不允。已经坐上车，车子已经开动，我被宰了。

下雨了。我在候车室里等回家的汽车。有点饿，拿出小面包来吃，那个斜刘海儿的女生说车子晚点了，不要着急，我站在她对面，静静等待。

一个衣衫褴褛的老人拖着几个蛇皮袋要进登车区，被那个斜刘海儿的女生拖了回来，她的耳朵带着一个像以前上课的老师戴的那种麦克风，她呵斥他，他笑笑。

另一次，我坐上这趟车，听见乘客说着我们那儿特有的云山普通话，知道了乡音的意义。那一次回家之后，我知道我和那片土地的关系并不如我想的那么疏淡无关，我会一直记得从外婆家出来的那个黄昏，破班车摇摇晃晃，斜阳照在耕田归家的老人和他的孙子身上，照在一片桃花林里，我会记得那一刻我心里的想法：我毕竟是这里的人。

回家总是要下雨，我听着歌。睡了一会儿。很冷。

出了高速口，要到了。

老爸来接我，十里大道风很大，我的手机昨天没电了，他在路口等了很久。风中，老爸叫我给老妈打电话，我说，妈我回来了，昨天手机没电了。她数落了我一小顿，挂了电话，风真紧。

到家里，妈说刚刚差点就哭了，我说至于吗？我不是回来了吗？然后她就看电视去了。

晚饭有我最爱的鲫鱼。自从我宣布了这个嗜好，不管去谁家做客，都不会让他们为难了，姑姑和婶婶可以自豪地对我说一句，尝尝我做的鲫鱼。然后我说，好吃。

晚饭后，老爸去打麻将，老妈进屋看电视，我坐了一会儿，看了一个电影，看一会儿《文学回忆录》。两架书落了灰，太冷，不愿打理。关灯，睡了。这里的夜极黑。

麻将散场，听见寂静中的脚步声，他们在讨论输赢，哈气取暖。

自从过了 20 岁，话题中的一半关于工作前途，另一半关于钱。大年初二，见高中时最好的两个朋友。这个小县城没变，我们变了。以前，十六七岁，心事装了满怀，不过是些少年愁绪，走过来，走过去，走不出的。那时候，我们在想些什么？谈些什么？

关梦雨坐在公安局户籍办里，熟练地处理事务。如果不是虢提醒，我叫不出她名字。她是那个曾经被谈论最多的女孩，当然不止因为她家是开成人用品店的，更因为她长得漂亮，而且她知道这一点。她长大了。她会熟练地向人报以微笑，然后迅速地低下头去，收起嘴角。她也会不看着对方的眼睛说话。她学会停顿，拖延，让来办事的人臣服于她。她好像更骄傲了，她还是很漂亮，她也许，会很幸福。

虢和林青没有变化，和我一样。所以他们都辞了职，以后的事，过完年再说。

除夕。和以前所有的年夜饭不一样，今年奶奶和叔叔来我家过年。这不是个好消息，这意味着我得早点起床，还意味着今天会比所有的年更加无聊。

小时候的年，热闹，喜庆，像真的做一番事。会有红色的鸡蛋装在用毛线织成的网兜里。会有新衣服、新裤子、新皮鞋。会有很多的爆竹爆炸，一地一地红色。

有一年，我到村头小眯眼家看到了他们做豆腐，雾气蒸腾，电视里在放《新白娘子传奇》。

有一年，我凌晨三点没有睡觉，爬起来看大人们打筒子九，吃了好几十块钱的红。

有一年，我们把一个巨大的生了锈的铁缸里的鱼炸死了，第二天一早，一个男人上门来告状。

有一年，我和舅妈在打扑克，后来汽车把她接走，那一晚，她生了个小孩。我赢了 5 块钱。

太多的回忆在脑海中闪烁，最后一个也无法看清，满眼明亮，几近于瞎。

叔叔婶婶的孩子以及我的奶奶，上午就到了。我从床上爬起来，坐在电视前的沙发上，试图和他们说话。叔叔不说话，他出去抽了一根烟，过了很久才回来。妈妈和婶婶说话，说电视里的内容，说我，我说不要说我，我去厨房看老爸烧饭。

老爸做了扣肉，可是没有放盐。我喜欢清炖的鸡，还有藜蒿炒腊肉，还有鲫鱼，还有啤酒鸭，还有牛肉。

饭吃得寂静无声，窗子有点透风，电视开着，外面渐渐暗了下来。

我打开电脑，看《电锯惊魂》，没有看下去。于是我重新坐在沙发上和他们说话，他们想走了，但是再坐坐，坐了好一会儿，他们说我们走了，我们送到门口，这个年过完了。收拾完碗筷，老爸下去打了场麻将，老妈去看电视，我坐在沙发上看春晚。

还差两分钟12点，外面开始响起鞭炮声。

大年初一，见丁老师。三点钟她推着自行车从马路对面走来，带着红色的毛线帽子，像一个中学生，脸颊有点红。她说她刚刚哭过，和家里吵架了。我们沿着马路说话，她总是有很多话，我听。我给她一本《霍乱时期的爱情》，因为《世间的盐》忘了带。

她的单车可以折叠，是她自己攒钱买的，她现在在中学门口的快餐店炸薯条，做汉堡，她偷偷地把店里的凤凰传奇的歌换成李志的歌。小县城里，有一家快餐店在放李志的歌。

她说她想念汪洋老师，汪洋老师去当兵了，过年回不来，汪洋老师跟我说，如果出来了，想要开一家成人用品店，开在九江不行，要开在大城市。

我要坐4点的班车去外婆家，她说可以和我一路，到云山姑姑家下车。那一年冬天，和丁老师去安义，回来的班车上，背起古诗，我记得一句：思君令人老，岁月忽已晚。那一年冬天，和丁老师在佑民寺里听雨打在菩萨的紫竹林，去博物馆里看臂搁。那一年夏天，和丁老师上云山顶，在马路边上摘枣子吃。那一年夏天，和丁老师去吴城，在那个简陋的凉亭里唱《狮子座》。

2009年，和丁老师去九江看汪洋老师，在赣江边上坐了一个下午，风吹过两岸，我们探讨人生。说什么，都忘了。只记得那真是个好天，又长又远。丁老师下车后，车上只剩下我一名乘客，司机发了威，马力十足地狂奔，不一会儿就到了外婆家。

南关头没有变，只是安静了。

变了，小卖店里现在有了游戏机，小莫的腿疾严重，再也站不起来了。他爸爸每天给他送饭，他坐在柜台里面，给不认识的女人打电话。有一些我曾经见过的人死了，有一些搬走了。那些曾经和我一起玩的小朋友，一个个长大，长大了就走向不同的远方，再也认不得。

有一年暑假，一进门，发现外婆老了。老了好多好多，之后的这些年，反而没有再老。外婆说她今年七十大寿，舅舅们说不是，应该是明年，她说就是，那么就是了，初六一家人再聚一聚，以过生日的名义。那时候，我已经走了。

外公反而比以前更加舒坦，脸上有光，身体也胖了。小表弟长高了，另一个表弟一身非主流打扮。小姨还是没有回来。外婆说，她肯定被卖掉了。小姨是外公最喜欢的孩子，我妈说，外公外婆都不喜欢她，喜欢大舅。说话的时候，脚下有一盆炭火，电视机里放《甄嬛传》。

原来的红砖青瓦现在换了新样子，空地里也盖起了一栋又一栋楼房，那个曾经有甲壳虫的橘子林已经没有橘子树，那个玩捉迷藏的朋友家早就换了另一户人。

晚上到表弟的朋友处看他们打"英雄联盟"，一个女孩坐在一旁，她说话很嗲，戴眼镜，抢电脑要看《人在囧途》，不允，就玩手机，给男朋友打电话。她说，你给我爸买两条烟咯，等下我再把钱给你，好不。电话那头大概应允了，她笑着说了几句别的话，挂上电话，又来抢电脑。她17岁，说过完年出去打工，和男朋友一起出去。她笑得很爽朗。这个女孩我大概见过，只是那时她还在读小学。

表弟不再读书了，他说等赚了钱回来给外婆重盖一套房子，他的脸上有一块胎记，小时候他妈妈用戒指擦，擦小了，但还留了一点，他已经比她妈妈高了许多。

我曾经有一个愿望：拥有一块自己的菜地。我要在上面种上土豆、萝卜、白菜、豇豆、红薯、梨瓜、西红柿、辣椒，还有一些空心菜。这个愿望和很多其他的愿望一样，悄悄地藏在心底，一直没有发芽。

大年初四，去舅爷爷家拜年，吃饭。舅爷爷的女儿只比我大三四岁，我初中时，她在读高三，我坐在小板凳上吃稀饭，她经常这样走过我的视线。现在，她做妈妈了。过年没有回来，我没有见到她。

去给爷爷上坟。爷爷死的那年我小学毕业，那个夏天《西游记》出了续集。八宝山上的坟墓紧挨着，路已没有，踩着别人家坟墓的围墙往上走，手里提着纸钱和爆竹，这天下了雨，空气潮湿清新。墓旁的两棵小柏树又长高了，墓地上满是荒草，我们烧纸、说话、上香、炸炮、磕头、离开。

晚上，叔叔开车送我们回家，路黑，车灯只照着前方一截，风声可以听见，雾霾起了，玻璃上都是水珠。这种夜晚像极了美国公路片里的场景，好像随时都有可能发生车祸，随时我们都会消失。

第二天，我离开家，来到深圳。现在，元宵节已经过去一天。新生活重新开始。我张开手臂，仍然碰不到蓝天，可是生活就是这样，不是吗？

过年回家，终究成为一趟短暂的旅行

—— 2014 年过年手记

元宵节，我已不在老家，没有吃汤圆，没有看电视。

和除夕相比，中央台的晚会势必流失了不少观众，那些观众和你我一样，离开家乡，走进拥挤的人群，回到半个月之前他们出发的地方——那些付给他们钱，许给他们未来的城市。在这里，他们重新建立地位和名声，重新结交和认识朋友。不论他们来到此地的时间是一年两年还是十年，不论他们是否已经有了自己的房子和妻子（或丈夫），一个事实是，对于他们，对于我们来讲，远离故乡不再有乡愁，过年回家，终究成为一趟短暂的旅行。

1月25日，回家的前一天，我临时买来一个行李箱，放进去两身衣服、两本书。不必大费周章，电子设备和充电器带好，手机钱包钥匙带好，一个箱子，随时出发。

回家的火车，和去年一样，拥挤溽热，密不透风，疲惫无聊。不同的是，我不再有心思观察陌生人，不再去看窗外的风景。不仅是这一次，渐渐地，我发现，我对许多事物失去了原本的兴趣，我曾以为会一直保持的对这个世界的好奇，正一点一滴消耗殆尽。

1月26日，回到家，一切未变。那几栋矮小的职工宿舍楼即使在去年被重新粉刷，仍然遮挡不住衰败之气；从遥远北方吹来的寒风仍然从领口直直地灌进来，封锁并警醒你的神经；安静宽阔的大马路仍然等待着40分钟一班往返于县城的班车，沉默，无声。

我至今不知如何称呼我家所在的地方。不是县城，不是集镇，它处于两者之间，在20世纪90年代初期，文具厂、制药厂、饮料厂，应声而至，一片片荒野茶树林被推土机碾平，一栋栋建筑有了形状，一户户人家随厂而来。

我在这里度过了最初的童年时光。我上了幼儿园，在一堆孩子中间，发挥了数学方面的才能，成了学习委员。我从楼梯上滚下来，伴随着痛哭和鼻子流血，一次，两次，三次。我和同栋楼的李自远、后一栋楼的张西姐姐一起，踏上征程，在一个遥远的下午，造访了十里开外的砖瓦厂，并在那里展开了一场捉迷藏。

20世纪90年代中后期，"下岗"这个新名词乘着北方刮到了我们宿舍楼，一家接着一家的男人外出打工，一家又一家的女人跟着出去，一家一家的小孩被送往更偏僻的外公外婆或爷爷奶奶家。

于是，我到了燕山。我外婆家。

外婆家所在的村落叫作南关头，据说名字的由来与抗日战争有关，我问外婆，她不知道。她，以及整个村子里半数人家，都不属于这里，他们来自安徽。20世纪60年代初，三年自然灾害，各地流民涌入江西，他们正是这个时候来到这里。

外婆有一张扎着两支粗麻花辫时照的黑白大头照，藏在她锁着的抽屉里，我小时候看到过。那时候我无法想象，一个老人曾经也是年轻人，一个年轻人可以变得这样老。

15年前，我在南关头度过元宵节。与除夕相比，这一天黯淡无光，大人们早已成群结队，带着新一年的发财梦想匆匆离开，留给我们小孩的，除了一些新衣裳，一些零花钱，还有越来越短的假期和迫在眉睫的寒假作业。娃娃们不懂哀愁，依然聚集在一起做游戏，玩炮仗，一年一个循环，我们习以为常。

这一天，外公会煮上一锅白砂糖馅的汤圆，里面混着几个韭菜肉馅的水饺，我不喜欢太腻的容易一口堵住喉咙的汤圆，那几个饺子正是为我下的。吃完早上的饺子，还有晚上的饺子，吃完晚上的饺子，我就开始等待。

天渐渐黑了，家家户户亮起了灯，怎么还没有来？我和小伙伴们跑到马路上去等，漆黑一片的视野中零星点缀着远方村庄的灯火，偶尔有人走过，隔壁谁家的狗叫几声，然后又停了。隔着几百米大河流水的声音都听到了，哗啦啦的，和不远处小卖店里还没有出去打工的大人们正在打麻将的声音此起彼伏。

终于，漫长的等待没有落空。紧凑的鼓点和热闹的人声越来越近，一条红色的队伍出现在视野里，我们迎着它跑过去。

这条龙灯由十几个人执掌，没有进入村子的路上，他们把灯随便拿在手里。一旦进入村子，队伍瞬间拉开，一条龙从地面跳升头顶，站在远处，你会看得更清楚，这条龙的所有跳跃、弯曲和游走，伴随着锣鼓喧天的敲打乐器，声响震天，欢天喜地。

我没有站远，我就跟在他们后面。看着他们怎样跑进一户人家的院子，快速地舞动起来，然后，主人们放起爆竹，并把钱交给龙队中的负责人。

外婆早就准备好了烟与钱，和大家一起看着龙灯在我家院子里表演。我非常高兴他们离我这么近地舞动，火光映透了夜晚。然而，只有两分钟，甚至更短，他们随便摆弄了几下就匆匆赶往下一户人家。外婆说，他们太敷衍。

也许，那是我最后一次，在元宵节看见龙灯。此后，我一节一节地远离南头关，远离乡村，远离泥土，连太敷衍的热闹和喜悦也不再发生。

这未免有些故作悲情。回到那个晚上，我仍是兴高采烈的，跟着队伍走了好长一段路。乡村的夜晚和城市不同，你在那种纯黑的夜里走动，是需要勇气的，而同时也获得了某种神秘的热烈之感，环绕不散。

有一个秘密，我发现龙灯的队伍中有一个人是我的同学，但我始终没有跟他说话。说起来，他们是本地人，我们来自远方，他们说的话我们不会，他们会的游戏，我们不玩，他们的生活，我们从不介入，如果要说下去，这又是另一个源源不绝的话题了，到此打住。

今年过年，仍然回外婆家，回南关头。

我对这个曾经被我踏遍每一个角落的村庄不再感兴趣。成日缩在家里，看电影，玩特意下载好以解无聊的游戏。我不再像前几年，拿着相机到处去拍，去感受这里那里时间流逝的痕迹，去发现，原来我曾经以为的一大片世界，如今已经萎缩成这般破败狭小。

从前两排瓦房的村庄格局正在改变。两层、三层的巨大建筑从天而降，卡住了村庄的喉咙。你知道，如果你去见了记忆中一直想见的人，那你的记忆就会被覆盖，往往，这结果并不那么令人满意。

外婆自从几年前老了一次，没有变。外公也没有。

舅舅们回来了，麻将桌摆起来，我也打了一次。太阳热情似火，冬天里20多摄氏度的院子里（对，就是那个曾经有龙灯徘徊，种过橘子树又砍掉，放过鸡笼又移除的院子），我和大人们一起打麻将。我从一个站在一旁吃红的角色，纵身一跃，加入战局，感受做大人的滋味。

曾经，很小很小的时候，太阳如今天这般热烈地照下来，大人如今天一样地坐在桌子周围打麻将，我和外婆坐在麻将桌旁，打扑克。我非常用心，易怒，使尽全力地进入游戏，在一毛钱一把的博弈中试图获取利益。

每一年过年，外婆和我以及表弟打扑克，大人们打麻将，犹如传统。现在，我开始打麻将。表弟在帮外婆洗头。

他去年在理发店做学徒，远在浙江。舅舅说，表弟曾一次次地打电话回来说要放弃，从早到晚地站着，洗一个又一个的头，无聊，疲惫。舅舅欣慰地说，他终于没有离开，现在做满了一年，做到了烫头发的技术，过完年，可以学剪发，不出三年，可以自己开店。表弟和舅舅都有目标，自信满满，并且相信未来。

表弟跟我们讲老板三兄弟创业起家的故事，也是这样十几岁到店里去做学徒，也是这样勤勤恳恳地工作，攒钱，终于把店开了起来，现在三十几家连锁经营，生意好大。表弟说，过两年必须要开辆车回来，以后家里人的理发烫染（我妈妈这一支血脉遗传性的少年白发），全包了。

时间可以改变一切，改变人。曾经跟在我后面一起去爬山、翻螃蟹、捉迷藏，到河里游泳，去别的村庄远行的跟屁虫，长成大人了。比我还快。谁能说，几年之后，他不会成为一个衣锦还乡的老板呢？未来虽然深不可测，但他至少相信。

他的那位朋友——和他一起读小学的好伙伴也回来了。我拿着 iPad 和表弟一起去他家蹭 wi-fi。青春痘仍然没有退，衣服只穿两件，薄薄的，他不在乎。他在玩"英雄联盟"，表弟也玩，每天 10 点钟下班之后，必须要去网吧搞两把，这是他的原话，这是他的生活。

这位朋友，说起来也只有 18 岁，满脸稚嫩，但好像真的从小可以看到大。他一贯地不多说话，一贯地不对任何事情发表意见，一贯地默默做自己的事情。

他们家新盖了房子，就在原先房子的对面，25 万元，3 层。原先的房子卖掉了，3.5 万，另向买方借了 1 万，总共 4.5 万，把新房的地基打起来。花上存折里的老本，再向各亲戚借借，终于，过年的新堂屋有了，亮堂而且漂亮。

他妈妈说，航航懂事，每个月往家里寄 2000 块钱，总共寄了 8000 元。航航是表弟这位朋友的小名，他全神贯注地打游戏，没有插话。但后来他说，一直想换个手机还没换，妈妈一直催钱还债，没有办法。当然，他是笑着说的。他好像什么都不在乎。

小卖店也是两层楼房了，麻将机是自动的了。不过，好像来买东西、来玩、来聊天的人，比从前少了太多。我的那些小时候的玩伴，杳无音讯，我也从未追询。小姨，还是没有回来。外婆在厨房跟遥远安徽的妹妹打电话，被问到小姨，先前还说说笑笑的，声音突然颤抖，哭了起来。妈妈朝我比了比手势，我们退出，让外婆安静地诉说。

要说这年，真是一年淡似一年。可初一早上，前村后村来拜年的人仍然不少，叙叙话，聊聊天，大人拿根烟，小孩拿几颗糖，不像广东风俗给红包，但那种融融洽洽的新春气氛真的回来了。

我没有去拜年，我已不认识任何一个曾经认识的长辈，更不认识一天天长大的小孩，我从这个系统中自我排除。

我唯一的传统，是和几个好朋友见面。初三，去见了丁老师和汪洋老师。汪洋老师当兵回来了，壮实了，其余未变。依然把笑话装满口袋，依然羞涩，被丁老师调戏，仍然有趣。我们仨像过往很多次那样坐在县城最大公园的草地上，有一搭没一搭地聊天。汪洋老师说，最好还是长江边上。他家是九江的，2009 年，我和丁老师坐火车去找他，并真的在江边坐了一个下午，聊了什么，当然忘得一干二净，但那样悠闲无目的的下午，恐怕再也没有了。

后来，我们在街上乱逛，丁老师发明了一个游戏：认同学。很简单，我们仨来来回回地在人潮最多的广场附近走动，试图发现同学并把他指认出来。据说，"收集 7 个，可以召唤神龙。"

这个莫名其妙的想法来自我的贡献。当时我们正在路边踌躇是否要买几串羊肉串，迎面而来一个女生张开手指着我，并喊出了我的名字。我大概愣了两秒钟，仍然没有想起来她是谁。直到，直到她收起笑容，我才判断出，她是我高中同学，并且曾经玩得不错。我脱口而出：你怎么变成这样了？

尴尬。

还是尴尬。

当然，尴尬需要消解，我们相认。并没有聊几句天，大概我们都被对方惊到了吧！他惊诧于我竟然忘了她，我惊诧于，真的，一个人的变化可以这么大。他结婚了，3 个月，没有搞清楚是怀孕 3 个月还是小孩 3 个月，我们就告别了。

丁老师因此兴奋起来，四处寻觅老同学。她成功发现了她的班长，以及另外几个也许她也叫不上名字的同学，直到最终我们分手，离目标还差两个，神龙没法来。

可惜没有见到林和皝，林刚刚生了孩子。一年一次的会面，搁浅了。慢慢地，各自生命的图景会越发不同，相同的大河流出的水，会顺着河床重新找到方向。我们都只成长一次，我们都活一次，我们也都第一次面对这样多的变化，没人教我们如何处理，时间会摆平一切，河流终将在大海相见。

我还在一次短途汽车上遇见了曾经坐在我后面座位的初中同学。10 年啊，我也可以说 10 年了。10 年的时间横亘在我们中间，即使坐在同一排座位，既是窗外的风景仍和 10 年前别无二致，但是，我们还能谈些什么呢？工作、钱、相亲、结婚。话题随着年龄增长一路萎缩。不妨还是，我说你好，你说打扰。后会有期，再见。

所有人都在变化，唯有一个人，一直存在于周遭的讨论之中，从小到大，每一年，从未缺席。

他叫刘程。

我在读小学的时候，大人们聚在一起烤火，说，刘程要考大学啦，用功得不行啊，一天关在房间里看书，门都不出啊。

刘程是我姨奶奶的孩子，也就是我奶奶的妹妹的孩子，远在进贤，我从未见过他，但是，这不妨碍大家讨论他的热情。特别是当他考上知名大学，并且申请双学位的时候，而我姨奶奶的艰苦生活也在大家的谈话中得到渲染。

刘程，就是你的榜样。她们说。

他大学毕业，我上了高中。进了海尔呀，大企业，厉害。

刘程，就是你的榜样。她们说。

如今，我也混进社会，当然，刘程还是不能少。他已经结了婚，夫妻工资丰厚，家庭经济大大改善，孩子聪明可爱。于是，姨奶奶以及她的丈夫来她姐姐这里，也就是我奶奶家过年了，生活没有负担，轻松愉快是第一要义。这是最成功的投资。姨奶奶和她丈夫相视一笑，说出了这个论断。大家无不附和，但是恐怕没有一个不在心里叹气，虽然榜样的风刮了这么多年，但究竟，我们这些孩子竟没有一个像刘程这样成功。他们的投资，无一例外都有失败的风险。

初六之后，在家的舒适感开始消退。各种不适应症出现。我开始想要离开。

现在，我又来到深圳。做一个城市中的游牧人。

这一阵子，有不少关于大城市和小县城之间，年轻人奔走他乡，故乡陌生化的讨论和文章，他们试图找到年轻人出走的原因，以及这样大规模迁徙的代价，甚至奢望给这个病症开出良方，让故乡不再成为他乡。

对此，你我都知道的。有一个词语叫"时代"，有一个词语叫"命运"。

一旦世界有了文字，就再也回不去了，一旦我们被迫或主动地离开，也就回不去了。日子一天天地过下去，我们都会习惯。终于，家，会变成另一种形式。

也许，到那时，可以重新讲述我的过年生活。现在，该止息了。新的一年，已经海浪般地卷来，你可准备好了？

过年回家，对记忆的误解和纠正

——2015 年过年手记

　　去年和前年都写了返乡记，今年也循例记一记，毕竟写了就是写了，日后回头看，知道是这个样子。

　　2015 年 2 月 14 日，放假的第一天，购物、理发、收拾行李。15 日，天阴，匆匆赶到机场坐上飞机是下午 5 点，天将快黑了。看《模仿游戏》，看何伟的《奇石》，看窗外余晖下灰黑色的云。我喜欢旅途中乘坐交通工具的时刻，因为它不停靠，所以不结束，你可以长时间处于既不在此处也不在彼处的状态，你是消失的，自由的。

　　到达南昌时天彻底黑了，冷风吹到脸上并未有熟悉的感觉，直到上了巴士，听到一车南昌话噼里啪啦地"爆炸"，我才确定，我到了。我在南昌待了 4 年，不会说南昌话，但大致能听懂，这是一种鼓励人们喊出声的语言，在马路上你总能看到人们热烈地吵架，但实际上他们只是在聊天。

　　南昌像被哥斯拉侵袭过一般处处是坑，树少了，工地多了，像是一只出鞘的蝉，身子还卡住一半。

4年，这个城市里有许多带不走的记忆。走到中山路，我想起曾经住在附近不远的樟树下巷，那是我做第一份工作时住的地方，街口有一家特好吃的水煮店；走过八一公园，我想起高三时和同学逃火车票从县城来到南昌，就在这条巷子的网吧里通宵上网；走到人群中，我想起很多次走在这条街上，开心、失落、愤怒、悲伤。建筑老了，旧了，人都散了，这就是时间。

南昌不是我的家，我的家在离南昌一小时车程的永修县。实际上，永修县也不是我的家，我的家在离永修县城半小时车程的某个开发区的路边，这条路叫十里大道，大道的两旁是各种工厂，它们大致修建于2003年，这之前，这条路的两旁是另一些工厂，它们大多为国营，在20世纪90年代陆续倒闭。2000年后，政府重新引入投资，工厂又开了起来，倒闭了一家，又开了一家。我的家就在这些工厂中间，是第一代开发区中某个工厂的员工宿舍楼。

家里换了一台电视机，其余一切保持原状，饭菜的味道也是一样的，只是爸爸瘦了，显老，头发白了不少，新买的染发剂还没用。床换了新床单，被子很厚，我的书落了一层灰，懒得去动。抽屉里有许多物件，以往每次回来都会翻翻看看，这次没有，那些东西附着的记忆离我越来越远，这个空间离我越来越远。即使是我的房间，我也只是一名旅客。

第二天，去外婆家，燕山南关头。早上 8 点半的车，洗漱后把行李箱打开，选择几件衣服、一个 iPad 塞进书包，下楼。车缓缓来了，我们招手，它停下。

我坐在倒数第二排的位置上，插上耳机，风从窗户缝里漏出来，眼前又是我熟悉的景色，那些房子，那些没有庄稼的冬天的田野。

到外婆家，时间慢下来。到家没多久，外婆便开始跟我讲她和小卖店店主吵架的事情。小卖店是这个村子唯一一家小卖部，不过现在外婆已经不在这里买东西了，她骑车去燕山买，因为"给他家做生意，还不知好歹"。外婆一直是个强势的人，同时是个可爱的人，她特别会讲故事，引人发笑，在我听她叙述吵架经过的时候，就不自觉笑了好几回。

原来是因为小莫的爸爸老莫偷偷地把庄稼种到了外婆的菜地里，她不开心去找他理论，结果老莫当着很多人的面矢口否认，并吆喝让外婆去找生产队，说到这里，外婆模仿起老莫双手前后摆动说话的样子，滑稽极了。

最后，外婆真去找了生产队，但是老莫就是不还地，事情也就不了了之，外婆便和他结下梁子，不去买东西了。

说到这茬儿，舅妈和我妈出来继续话题，开始了数一数"外婆不说话有几家"的游戏，据她们说，外婆几乎和村子里四五家都不说话了，过年回来都不好玩。外婆当然不示弱，摆事实讲道理，这家是因为什么什么吵的架，那家是因为什么什么。这是每年都要重复的话题，但我很喜欢听，因为我喜欢听外婆津津有味地讲这些故事，她还是那么要强，那么开朗，她如果会写字，肯定也能写一手好故事。

外婆和外公都是"杠子头"，几乎从早吵到晚，都是为一些很小的事情抬杠，比如这天早上两个人又争了起来，大家都在睡觉，但是听得清楚，有人在锯木头，外婆说是远处的小李家，外公说是姚家的儿子，两人吵了很久，决定出来看看，结果正准备出来时，声音没有了。这就没法分胜负了，吵来吵去，没有结果，幸而不久声音又出现了，事实显示外公胜利，外婆虽然心有不甘，也只好认了。

这样的争吵日复一日已经成为他们生活的一部分，也几乎是我们家里的传统，我妈也是个杠子头，我舅舅差不离，我嘛，好像也有点。如果某天晚上因为什么问题观点不统一，那房间里爆发出来的声音可能会使你以为是不是打起来了，不要担心，我们吵得很开心。

年三十，我们家的习俗是吃中午饭，11点多鞭炮就炸开了，我喝了碗鸡汤，吃了一碗饭，最重要的一餐饭就这样吃完了。下午，我和老爸骑着电动车去队里，那里有不少人种草莓大棚，一小时后，我拎着一袋新鲜的草莓回来了，一边洗，一边吃，一边听表弟说他的计划。

他今年 19 岁，做了两年理发店学徒，不准备干了。"要找找新的行当。"他说。小舅一直劝他要坚持下去，他不听，他计划去哈尔滨，去干什么，他没说。

"明年最好能开辆车回来。"他又说。他继承了外婆的幽默传统，乐于自嘲，也喜欢说大话，但大家都喜欢听。相比于他，我一直都是沉默的，我缺少一种缩小距离的能力，我不可能面对曾经熟悉后来无言的人而不尴尬。

后来有一天，我们骑车去龙源峡。那是不远处被开发的风景区，其实就是一片山谷里弄了些类似于《智勇大冲关》节目中的设施，旺季时会有不少从南昌过来的游客，大部分是公司团建。他很轻松地走过了钢索桥，而我却踌躇了很久，我们走在河中间时，岸边有其他人在蠢蠢欲动，但最终没有动。是不是人越大，反而越畏缩，越胆小？

大年初一，早早起床，我跟着舅舅们一起挨家挨户地拜年，这几年我几乎没有再参与这个活动，这是第一次。所谓拜年，其实就是走到村里每一户人家，说声新年好，主人会发糖或烟，寒暄几句，换下一家。由于大家不自觉组成了队伍，便像扫荡似的从村这头涌到村那头，很热闹。这肯定是南关头一年之中最热闹的一个早上。

拜完年，去云山舅爷爷家拜年，云山是离南关头半小时车程的镇子，我在这里待了 3 年。舅爷爷家新买了房子，我们在他家吃午饭。舅爷爷的女儿又生了一个小孩，她穿着臃肿的睡衣出现在我面前的时候，我知道了婚姻的某一部分可能，它可能会让你放弃自己。

我早早逃离，去县城会见林青和虢。我们两年没见了。他们是我高中的好朋友，去年因为林青生小孩而没能见面，现在她的女儿一岁了。不久，就会有越来越多的老朋友抱着小孩出现在我们再次见面的时刻了，就像我小时候看着父母和别的大人寒暄，然后让我叫叔叔阿姨。只不过当时我是那个抬头的小孩，现在，换了一个角色。

嗯哼，这还真是轮回。

我们像十几岁的时候一样肆无忌惮地吃了一顿炸串，然后聊了会儿天，就散了，天晚了，并且下起了雨。晚上，我到堂弟家里过夜，他一个人，妈妈没回来，爸爸在舅爷爷家。他和表弟一样大，只差 5 天，但他们的人生却有很明显的不同。今年是他读大学的第一年，本来学美术，但没考好，便随便上了个学校，他身上没有野性（正如我身上没有一样），但正值青春。

堂弟叫了朋友到他家里玩，打麻将，玩到 10 点半，我也加入其中。是真的年轻，没办法，样子年轻，说话年轻，所有人都是年轻的，就像好几年前的自己。这感觉很微妙，因为看见某些已经失去了的东西，有一种欣喜又失落的复杂感。

大年初二，回外婆家，玩了一天的游戏。大年初三，玩了半天的游戏。大年初四，回家，翻出来《论摄影》放在床头，睡前看。发现卫生间里养的鱼蹦了出来，死了。大年初五，落枕。大年初六，落枕更严重。我回到深圳。

现在离回家的那天已经快一个月，过年将从生活中消失一段时间，我们都要重新面对生活，而那一段短暂旅程，是一再地对记忆的纠正和误解。

那么，记忆到此为止。

附

读书方法问

如何养成读书的习惯？

这个问题不好回答，因为习惯这种东西只有当它已经成为习惯之后才容易被发现，也就是说，习惯总是在无意间养成，一旦我们试图努力去养成某种习惯，结果总是令人堪忧。比如我就曾发愿要养成早起的习惯，但直到现在，我还是赖床专业户。我还曾努力养成写日记的习惯，最后却总是写成了周记、月记，然后不了了之。我从来没有想过要养成读书的习惯，却读得乐此不疲。也从未想过养成写作的习惯，结果写得药不能停。

这里面发生了什么，我们来分析一下。

先看看那些我没能养成的习惯，比如早起，比如写日记。仔细回忆起来，还是有那么一段时间早起并且每天写日记的。那是高中时候，住校，每天 6:50 就要进教室，6 点钟必须起来。写日记也是在那时候，每天都写，一是因为那时候情绪比较泛滥（青春期综合征），二是因为晚自习固定两节课，拖延症总得找点事做，不干正事反而养成了每天写日记的习惯。后来高中毕业，没有早起的硬性规定，也没有写日记的固定时间，这两个习惯就土崩瓦解了。

再来看看那两个现在还保持的习惯：阅读和写作。阅读的开端来自中学时期看小说，看着看着越看越多，越看越广，慢慢成为习惯。写东西则是阅读的衍生品，看见作者写得动人，于是跃跃欲试，买了个精装笔记本，学着写起来，现在回去翻旧物，还能看到那些十几岁的痕迹。后来，无病呻吟地在QQ空间写了好几年，久而久之，过渡到博客，再到微信，不仅变成习惯，这俨然已成为我生活中的一部分。

从我的个例分析，也能看出一点东西来。

1. 养成习惯，得自愿。虽然我也早起了三年，但那是被逼的，懒货的性质没有改变。一旦外部约束解除，习惯一准玩完。而读书这件事情，没人逼，自己形成，戒都戒不掉。

2. 就算不自愿，逼也能逼出来。我虽不愿早起，不还是早起了三年么？如果一直逼着，逼上个一辈子，也不就是一生的习惯了？而且，人自古就有惰性，得逼。回头我还得逼自己。

3. 留给它固定的时间。晚自习是雷打不动的，我不能旷课，这段时间必须耗过去，不想做卷子，得写日记。

4. 养成的那个习惯，必须是件快乐的事。比如说，对我来说，上课偷看小说，多快乐。你知道我那时候读的什么吗？没错，都是武侠玄幻。虽然是这样的开端，但现在也看些正经书了不是。

5. 有反馈，有奖励。我当时的笔记本，被同班同学借去看，里面写了一些莫名其妙的小说和文章，好几个同学说写得好，我一开心，写得更勤了。后来在网上写，底下有人回复说好，我屁颠屁颠继续写个不停。

结合我的经验，我们来看看，关于读书的习惯，可以做些什么呢？

1. 培养兴趣，找到乐趣。怎么做？可以参考我的老路，可以从你能看得进去的书开始，甭管什么题材，什么段位，先找到读书的快感。不要一上来就找本《存在与虚无》，那会让你直接睡倒。书这种东西，里面的内容太不一样，但读书的步骤和习惯是一致的，由浅入深，慢慢来。

其实，一旦你感受到了读书的乐趣，后面的事情就好办了，我们可以做些辅助的工作。

2. 每天找一个固定的时间留给阅读。如果你早起，那么可以在早上划出半个小时到一个小时，如果你晚睡，晚上睡前看一个小时到半个小时书。切记，远离任何电子通讯设备，如果有人愿意监督你，邀请他。

3. 把书随身带，莫怕丢人。随时拿出一本书来看，是件很高傲的事情，但，这又怎么样呢，当你在等车的时候，在等餐的时候，在地铁在公交上的时候，闲着也是闲着，把手机先收好，把书拿出来，真的，莫要害羞。

4. 来点动力，例如比赛。虽然听起来可能有点幼稚和功利，但是不失为一种好办法。具体来说，就是找一两个好友约定进行读书比赛，看一年内谁看的书多，方为胜，具体目标可以变化。看完一本，跑去豆瓣标记一本，那感觉和待办事项上的任务被划掉有异曲同工之妙。

5. 和爱读书的人做朋友。虽然书呆子很无聊，但世界上还是有很多像我这样既喜欢读书又活泼开朗的好同学的，我的电话是139……好吧，差点进入相亲频道，不好意思。回归正题，总之，他们会潜移默化地影响你，相信我。

6. 找点奖励，学会分享。比如说看完一本书，把感受写出来，就算不写成文章，写成几段话分享到朋友圈，也是件挺装 × 的事情不是吗？装 × 不可耻，谢谢。然后你就等着被赞吧，被赞的感觉挺好的，会让你觉得这件事情有价值，给你正面的反馈，读书也就没有那么难过了。

7. 定个读书计划。很有可能计划会夭折，但是管他的，在夭折之前，你已经看了好几本甚至十几本书了。一样的，把计划发出来，让普天之下的人都知道，这样你无形中就有了压力，不想被别人鄙视，老老实实去完成计划吧。

8. 加入读书兴趣小组。生活中还是有很多这样的读书小组的，几个人持续的读书，分享，既可以交到朋友，又把书读了，还可以一起讨论。

9. 借书看，不要买太多书。而且不要从图书馆借，就找那些爱书如命的讨厌鬼借，你不赶紧看完还他，他会吃了你的。

10. 请重看第一条。

看了这么多，你可以去试试了。祝好运。

最后，作为一个意志力差，无法早起的人，我说的话并不具有权威性。

关于读书的十个问题

1. 为什么要读书？

今天我也来思考一下这些稍微终极一点的问题，为啥要读书？当然，你知道我说的不是学校教育，而是由自己主动进行的阅读。

读书的目的大致可以分为两种：一是获取知识；二是获得享受。我们从小到大的教科书，书店里的各种工具书，所有的科学著作，历史、文化等等都在提供知识。思考不是凭空产生的，它们总要有一个发生的舞台和空间，想要空中楼阁，不现实。而享受其实是很私人的感觉，有人热衷于看侦探小说，有人喜欢爱情故事，有人喜欢科幻，有人看历史书会感到满足。当然，这些品类并非严格分割开来，它们往往同时存在于我们的阅读之中。

不要认为获取知识是枯燥的，你读科幻小说和侦探小说的时候也在获取相关的知识，就算不是完整的了解科学技术，但读多了，对这种类型文学的好坏总会有个了解和判断，这其实也是知识和经验。享受也不一定就是低级的，我也曾经讲过，读一本悲剧小说会感动，会满足，搞懂一个技术问题，也是一种享受。

我们常说的读书会改变人的气质，会熏陶人的修养，会让你变得有深度，你所读的书会慢慢地渗透到你的生命里，这些话当然不错，但这其实都是附加值，是阅读的赠品，你不能保证可以得到，也不能保证何时得到，它有点神秘色彩，所以更受追捧，但它是不可谈的。

卡尔维诺说，"出于职责或敬意读经典作品是没用的，我们只应仅仅因为喜爱而读它们。"仅此。

2.如何阅读一本书？

《如何阅读一本书》是一本书，教你读书的方法。在这本书中，作者将阅读分为四个层次：基础阅读、检视阅读、分析阅读和主题阅读。

所谓基础阅读简而言之就是看懂字面意思等低层次的阅读。而检视阅读，则是分辨一本书值不值得读的过程，通常我们可以通过以下几点来进行：

（1）先看书名页，序言，副标题等；

（2）研究目录页；

（3）看看索引；

（4）关于作者的介绍；

（5）挑几个看来和主题相关的篇章看；

（6）随手翻开来，读几个段落。

其实这个过程我们在书店里买书的时候经常会做，通过以上这些手段，判断要不要买，现在，判断它值不值得读，并不难。

找出了要看的书，下一个层次便是分析阅读。分析阅读，是我们学习知识最常用到的方法，但也是容易因为觉得困难而省略的步骤。作者花了重要篇幅来介绍分析阅读的过程，主要分为下面三个阶段：

一是了解范围，这本书在谈什么？确定主题、分类；用一小段内容叙述整书的内容；将重点章节列出来，说明它们如何组成本书的结构；找出作者要问的问题。

二是理解内容，作者是如何写出来的？诠释作者使用的关键字，与作者达成共识；从重点句子中抓出作者的主旨；找出作者的论述，重新构架前因后果，明白主张；确定哪些问题解决了，哪些问题没有解决？

三是评价思考。但在读懂之前不要提评论；不要争强好胜、好辩。

阅读的最后一个层次叫做主题阅读或者比较阅读。进行主题阅读，你需要反复经历前面的几种层次和方法，检视、分析，你要找很多不同的书或材料，进行大量的阅读。不再是读完一本又一本，而是带着问题去读相关的章节，找出你要研究的问题，这时候你已经不是为了看书而看书，是为了解决一个问题，为了满足自己的好奇心而阅读。

这里谈阅读的方法，前提是主动。你要主动的去搞懂一本书，搞懂一个问题，如果你没有这个初衷，那么看书尽可以随意，但进步总是在一个问题一个问题的过程之中完成的，不是吗？

另外，不同的书有不同的方法，文学书自然不可能尽如上面所说去读，找到合适的方法读适合的书。

3. 快速阅读有必要吗？怎么读得快？

有些人读书很快，一目十行，有些人则很慢，一字一字地过，甚至还要念出来。这是各自读书的习惯，本来没有所谓，但是读书和知识挂钩，而效率至上是这个时代的主旋律，读的太慢，别人不说，自己都会不好意思，感到压力。

但阅读的速度真的那么重要的吗？当然不是。我以为在阅读的各种讨论中，速度是最不重要的。单位时间里你读得快，可能是件本领，但是读书又不是限时比赛，它是一生一世的事情。

但如果你真想读得快，也有一些方法。那就是：抓重点。先看前言、序言、后记，知道这书讲啥；重点研究目录，搞清楚书本的框架；翻，翻，翻，不一目十行也一目几行的看，把感到困惑或重要的部分标记；回头整理那些你标记了的部分。

4. 书读过就忘怎么办？

我的答案是，忘了就忘了吧。人不是机器，哪里可以像电脑一样下载，安装，运行？确实有一些人，记忆力超群，记得比别人多，别人快，但是如果你不具备这样的天赋，也无需伤心自责，毕竟，我们都一样。

书本在阅读过程中的快感，很难与外人言说；读完之后的能量，连自己也不一定可以总结的出来。但读书与不读书终究不同，就算你记不住作者名，书名，记不住情节故事，记不得定律一二三四的条理，至少你有过这么一段经历。旅行也是一样，到各地去走走看看，不一定能给你带来直接的改变，重要的是你的体验。你曾体验。

总而言之，不要把忘记当做一个负担，但是也不能任由自己囫囵吞枣；有重点的有选择性的读书是必要的；做笔记是为了日后能再看；记住一些关键词，在这个信息时代，以后能借由此搜索出来也是很好的方法；不要怕重读。

5. 如何做笔记？

笔记怎么做才好呢？这是大家都在问的问题。但我想在此之前，先问一个问题，你为什么要做笔记？

　　以前读书，做笔记是不自觉的，人家都在做，自己也做，但没想过拿笔记是用来干吗的，你肯定遇见过很多那种笔记做的极为认真，密密麻麻写满几个本子，但最后成绩并不怎么样的学生，很显然，他们不会做笔记。与其说他们不会做笔记，倒不如说他们没有想过为什么做笔记。只有知道自己是为了什么记下这些东西，才会让你记下的东西有所作用而不是一本一本的烂在抽屉里。

　　做笔记也是手段，一是帮助你理解你不熟悉的知识，比如做知识点的架构，做思维导图，做人物关系图；二是帮助你日后找到一些记忆靠不住的东西，比如某人某年做了什么事，一个好句子，一段打动你的话。

　　第二种笔记，是建立你自己的数据库，一个外置的硬盘。你所有的笔记都是输入数据，但是，切记输入数据不是目的，目的是用的时候把它找出来。也就是说，做笔记的意义在于它被再次翻看、看到、调用的时候，而不是它被写下的时候。所以不要执着于怎么做笔记，而要多想想怎么用笔记。如果你不用建立什么数据库，不会再重新来琢磨你看过的这本书，那么笔记是无关紧要的，它反而会破坏你的阅读快感。

　　如果你想要做，有这个需求，才会进入下一步：怎么做。怎么做呢，方法千千万，找到自己顺手的就行。这是不知从哪抄下来的一段话，大家可以参考：

做读书札记，是要动手的。札记又可分四类：（a）抄录备忘。（b）作提要，节要。（c）自己记录心得。张载说："心中苟有所开，即便札记。不则还塞之矣。"（d）参考诸书，融会贯通，作有系统的著作。

6. 没有时间读书怎么办？

这真不是事。时间在那里，你或者用作读书，或者用作别的。如果你没有时间读书，可能一，你真的没有时间，除了吃饭睡觉工作，没有任何空挡；可能二，在睡觉吃饭工作之外，你还有社交活动，还有电影要看，有会要约，诸如此类你认为比读书更重要的事情。

如果你是可能一，那么很抱歉，无解。或许该考虑换个工作了。如果可能二，也无解，因为读书这件事在你的备选项目中不占优势，一边把时间花在别处，一边抱怨没时间读书，这是不行的。

技巧性的方法，见缝插针，走哪把书带到哪，并且远离手机。

7. 读书越多越迷茫，怎么办？

恭喜你，迷茫就对了。读书可以解决问题，但同时会带来更多的问题，知识无穷尽，迷茫在哪里，就从哪里入手去解决，但肯定末了还有更多问题。放宽心，习惯它，迷茫是一件好事。确定不疑问才可怕。

8. 阅读的鄙视链，怎么破？

读网络小说可能会被纯文学的鄙视，读日本推理的看不上国内推理，读外国原文的看不上读翻译的。鄙视链无处不在，你站在桥上鄙视别人、别人站在楼上鄙视你，都一样。

读书读出优越感是很要不得的，术业有专攻，闻道有先后，关键是找到适合自己的书。

9. 书单有用吗？

书单当然有用，在你还没有足够的经验，还不知道从何处下手，一张高质量的书单无疑是好帮手。书单如同地图，告诉你这里这里还有这里藏着宝物，你也许可以去看看。但是，也就是这样，书单永远是参考，不可能真的按照别人开的书单一本不落的读下去。

书单具有巨大的开阔视野的作用，好的书单可以扩大你的阅读版图。

10. 读文学书有必要吗？

读文学书有无必要在于你的重视程度。你觉得有必要就有必要，觉得没必要就没必要。每个人想法不同、概念不同、生活方式不同、家庭氛围不同、受到的教育不同、也就决定了文学在人们心中的地位不同。

11. 20 多岁该读什么书？

"20 多岁该读什么书？"

"大学生该读什么书？"

"女生该读什么书？"

每次遇到这样的问题，我都犯难，一方面，是因为我真的不知道，另一方面我认为这不是一个问题。

如果非要我回答，最好的答案是：读你感兴趣的书。大学生也好，20 岁也好，女生也好，都不能简单的抽象成一个概念，必须要具体到每一个人的实际需求，这个问题才有意义。并非到了某个年纪，拥有了某种身份，就出现了某些必读书，人与人不一样，每个人读书的目的不一样，兴趣口味不一样，从来没有统一的标准答案。

但话说到这里，似乎把一切都堵死了。别人问这个问题，是确实想要读书，却苦于没有头绪，直截了当的拒绝，虽然正确，但容易抹杀了别人的兴趣。

那么，不妨今天就试着具体的来谈谈这个问题吧。

首先，不管你是大学生，高中生，家庭主妇还是公司白领，选书的第一考虑应该是你的目标。大学生有不同的专业，财经、管理、新闻、文学，每一个领域都有不同的专业书籍，如果你的目标很明确，要在自己的专业上得到提升，那么很简单，你需要找的不是我而是你的老师或在这个专业有影响的人，让他们帮你选择一些值得一读的书。当然，目前网络这么发达，已经有很多经验贴散布于网络，找到它们，然后去读。

同时，大学生不一定只要看专业书，也许你是个文学爱好者，想要读到一些一流的作品；也许你是个科幻小说迷，想要找到更多新奇有意思的科幻小说；也许你是个创业狂人，想要从前辈的经验里吸取教训；也许你突然对故乡的历史感兴趣，想要深刻且系统的了解……还是那句话，在"大学生"这个共同的身份下，完全不同特点的每一个人，明确你的目标，读书自然有了方向。

其次，不要做伸手党。只是抛出一句"我该读什么书？"是很不负责任的，你该读什么书是应该自己去思考的问题，旁人能做的只是给些建议。放弃自主思考，而求助于别人的安排，说到底是并没有真的想要读书，可能只是随口一问，好让自己有了已经试着去改变的心理暗示，至于结果有没有，适不适合，倒不看重。

如果你确实已经有了一些目标和方向，那么问题可能就会具体一些，你会问比如说"在大众心理的领域有没有什么好书？""我读了××的书，还有类似于这种风格的著作吗？""×××除了某某书外，其他的书还有那本比较好？"你提供的信息越具体，被问到的人才越好回答。

然后，请记住，读书并不能带来立竿见影的效果。从问句中的"该"字可以看出发问的人对读书能够带来的改变是有期许的，治愈失恋，变得渊博，变成专业达人或者化身富有魅力的女人等等，问题的背后，其实是一颗改变自己的心。这当然没有错，但读书可能被误解了，这个动作本身并不具备神奇的改变一个人的能力，它的力量是需要长时间积累的。而往往被人忽略的是，读书之后的应用，变通的思维，心智的能力，反而更重要。

当然，不同的人读同一本书的结果是不一样的。每一个人的天分，吸收的能力，自身经验与书本的匹配度都不一致，所谓一千个读者有一千个哈姆雷特。另外对一本书的用功程度不一样，有些人读过就算，有些人研习百遍，效果自然也不一样。

最后，请养成读书的习惯吧。一旦习惯养成，读什么书就再也不是个问题了，你自然会发现有越来越多的书要读，越来越多的东西想要了解，到那时，问题就变成，这么多书，时间怎么够用啊？嗯哼，这是另一个话题，这里就不展开了。

12. 读书不得要义，容易遗忘怎么办？

看到这个问题，我脑中的第一反应是李笑来的《把时间当作朋友》。在那本书里，他传授了许多关于如何对待时间，如何提高自己心智的内功心法。但最让我受用的反而是这样一句话：相信我，你并不孤独。

李笑来想说的是，不是你一个人对时间感到恐慌，不是你一个人会处于既勤奋又懒惰，既勇敢又懦弱，既满怀希望又面临绝望的时刻。面对问题时，没有必要找借口，没有必要抱怨别人，没有必要觉得世界就对你一个人不公平，因为，你并不孤独。

这看起来和今天的问题没有关系，但实际上它是我们今天讨论这个话题的基础。我相信有很多人和本节主题一样，对读书不得要领的看过就忘感到焦虑，但要解决这一问题的第一步是，请相信，你并不孤独。这世上并不只有你一个人读书不得要义，也不是你一个人看过就忘，没必要因此对自己产生怀疑，甚至产生低落情绪。

是谁说一本书拿过来就可以看懂？是谁说看完一本书必须要全部

记住？我们似乎把阅读想得太有难度，太理所当然了，以至于当我们面临困难时会以为是自己出了问题，殊不知，这其实是所有人的问题。

关于如何解决这个大家都面临的问题，我们分开来说。

先来说第一个部分，读书不得要义。

什么意思呢？说白了就是看不懂。可明明白纸黑字都认识，就是看不懂，为什么？这是因为阅读也是需要积累经验的。我们从小学读写，学造句，学作文，并不是没事找事。用传播学的角度来讲，文字是加了密的符号，要解读文字的涵义，必须能够正确解码，你读不懂，正是因为没有充分解码信息。

看过侦探小说的都知道，世界上有很多种密码系统，想要解密，必须懂得那套系统才行。中文是那套系统的最底层，我们都已掌握，但在不同的知识领域中其实遍布各种密码系统，仅靠着中文这一把钥匙，不一定能打开所有门，特别是在这个专业日趋精细化的时代。如果你读一本讲世界文明的书读的不得要领，那可能是因为你的储备知识不够，很多密码解不了锁，便看得云里雾里了。

解决这个问题，很简单，就是要把基础打扎实咯。但我的建议是，你也可以不管，就这么看过去，不得要义就不得要义，只要你在这个领域的书读得多了，自然会慢慢懂得很多密码系统，到时再重看便柳暗花明了。

上面所说，有的人可能会觉得只存在于专业书籍，那么人人都可以读的文学作品呢？嗯哼，这又是误解了。谁说一首诗，一本小说是你想看就能看懂的了？从笛福开始的现代小说发展到如今已经脱胎换骨，就像你去看文艺复兴时期的画还能看出个像不像、美不美来，你看几幅当代艺术试试，怎么全都像是在扯淡啊？还是回到那个问题，即使是文学、艺术也是有自己的密码系统的，多看，多读，多想，学会这个系统，自然就懂了。

还有人说，可是我看的就是通俗小说啊，总觉得不能理解作者的意思啊，对这种情况，我只能说，可能是你想多了，请把自己从阅读理解中心思想症候群里解救出来。

总结一下，解决不得要义的问题，1.不要焦虑自己是不是笨啊，为什么读不懂啊，要相信这是个正常现象，不是谁都能一步登天的。2.多熟悉这一领域的基础知识，试着多读几本相关的书，症状会自然缓解，如果你因为看不大懂就甩手从此不再涉猎，那么你永远也不会懂。3.就连读小说也是要阅读量的，读书时谦逊一些，不要总觉得作者脑子被门挤了，很可能被挤的是你自己。

下面进入第二个部分，关于读书容易遗忘。

前面已经说过，这也是正常现象，不要焦虑。这一点我就不费口舌了，重点说说咋整。咋整呢？

一，不管它，忘就忘咯。如果只是消遣，那么就忘了吧，享受阅读过程就好。

二，做笔记。这个世界上关于如何做笔记已经有一大堆教程了，你要找到适合你自己的那一种。找到方法的前提是你得知道你做笔记的目的是什么，如果你是想要建立自己的素材库，那么你可能需要分类摘抄整理；如果你是想加深理解，那么可能你需要用自己的方式重新整理内容要点。特别需要注意的是，做笔记是为了日后调用，切记应该定时整理归档自己的笔记。

三，重读。学英语的时候老师肯定跟你说过什么记忆曲线之类的东西吧，遗忘是记忆的一个重要属性，而重读不仅有意义，而且意义重大。这里引用唐诺的一句话："一个只见一次的人，我们称之为认得、知道，也许可能就这样失去理智爱上他，但我们不会也不敢说了解他；一本才读过一次的书，我们则称之为开始"。

四，分享。与朋友讨论，写书评发表出来，都是分享，都可以加深理解，加深记忆。

最后用培根的一句话结束本文："读书使人完整，讨论使人完备，写作使人完善"。